Sandra Widulle

Der Tag ist voller Wunder
♥ Freude am Leben ♥

Autorin:

Sandra Widulle, Jahrgang 1964, verheiratet, zwei erwachsene Kinder, gelernte Schriftlithographin und kirchliche Kinderpädagogin. Derzeit tätig als Haushaltshilfe.
Sie lebt im Landkreis Ansbach.
In ihrer Gemeinde ist sie Leiterin einer Kleinkindergruppe und ist für die Organisation der Schaukastenarbeit und der Kindermomente (Geschichten zum Gottesdienst für Kinder) zuständig.
2010 schrieb die Autorin ihr erstes Buch: „Sternstunden und Glücksmomente", und 2014 erschien ihr zweites Buch: „Geschichten für kurz und klein".

♥♥

Zu diesem Buch:

Die Geschichten in diesem Buch sind zum größten Teil wahre und erfahrene Momente. Jeder Tag hat seine Last, jeder Tag hat seine Freude. Ich bin ein „Ich-suche-das-kleine-Glück-im-Alltag-Mensch" und ich liebe es, meine Erlebnisse zu Papier zu bringen. Dadurch kann ich alles gut verarbeiten und es freut mich, wenn ich es an andere weiter geben kann. Einige Geschichten sollen Mut machen, an einen lebendigen und liebenden Gott zu glauben. Ich weiß mein Leben von Gott geführt.

♥♥

Sandra Widulle

♥♥

Der Tag ist voller Wunder

♥ Freude am Leben ♥

Book on Demand GmbH, Norderstedt

Bibliografische Information der Deutschen Nationalbibliothek
Die Deutsche Nationalbibliothek verzeichnet diese Publikation in der Deutschen Nationalbibliografie; detaillierte bibliografische Daten sind im Internet über http://dnb.d-nb.de abrufbar.

Deutsche Erstausgabe

© Copyright 2016 Sandra Widulle

Korrektorat: Bärbel Kriegel, Yannic Widulle
Lektorat: Bärbel Kriegel, Yannic Widulle
Fotos: Yannic und Selina Widulle,
Bettina Zürn, Friedbert Ninow, Lothar Erbenich
Ratgeber: Titus Müller
Bildbearbeitung: Erika Moisan
Layout: Sandra Widulle

Herstellung und Verlag: BoD - Books on Demand, Norderstedt
©2016

ISBN 9783743103733

Book on Demand (BoD) im Internet: www.bod.de

Bibelverse sind, wenn nicht anders angegeben, der folgenden Ausgabe entnommen:
Gute Nachricht Bibel, revidierte Fassung, durchgesehene Ausgabe in neuer Rechtschreibung,
© 2000 Deutsche Bibelgesellschaft Stuttgart

Für alle, die auf der Suche nach
dem kleinen Glück im Alltag sind.

♥♥♥

Nimm dir einmal Zeit

Nimm dir einmal Zeit,
um alles zu betrachten was rot ist,
eine Tomate, eine Rose, eine Mohnblume.
Schmecke den Geschmack einer roten Paprika.
Sie ist knackig, sie schmeckt süß.

Nimm dir einmal Zeit,
um alles zu betrachten was gelb ist,
eine Sonnenblume, eine Zitrone, die Sonne.
Beobachte eine Biene, die mit ihrem gelb-gestreiften
Körper von Blume zu Blume fliegt.

Nimm dir einmal Zeit,
um alles zu betrachten was blau ist,
einen Enzian, einen klaren Bergsee, eine Weintraube.
Höre einem blauen Wellensittich zu, wie er zwitschert
und von Ast zu Ast fliegt.
Hörst du das Schwingen seiner Flügel?

Nimm dir einmal Zeit,
um einen Regenbogen zu betrachten,
schau dir jede Farbe genau an, und erkenne darin die
Liebe Gottes zu uns Menschen.

Vorwort und Dank	9 – 10
Erfahrungen aus meinem Leben, Andachten, Kurzgeschichten, Denkanstöße	11 - 129
Zu guter Letzt	130 - 131
Zugabe: Shopping-Erlebnis	132 - 136
Nachwort	137
Buchempfehlungen	138 - 140

© Erika Moisan

Sandra Widulle

2016

Vorwort und Dank

Das Schreiben eines Buches ist für mich eine große Freude. Genauso wie bei meinen ersten beiden Büchern. Ich habe dadurch die Möglichkeit, Gott auf eine ganz besondere Art und Weise zu begegnen. Das Schreiben hilft mir, Momente, die ich erlebt habe, zu einem späteren Zeitpunkt noch einmal zu durchleben. Außerdem ist das Schreiben eine Seelsorge für die eigene Seele. Es hilft mir, meine Ängste, meine Freuden und meine Erlebnisse zu verarbeiten.

Und jetzt lade ich dich ein, mit mir in meinen Tag zu gehen. Vielleicht findest du Parallelen zu deinem Tag, vielleicht findest du Gottes Nähe. Lese mit offenem Herzen und lasse dich berühren von der Gegenwart Gottes.

Danken möchte ich allen, die dazu beigetragen haben, dass dieses Buch entstehen konnte. Der größte Dank geht an unseren himmlischen Vater, der mir die Freude ins Herz gelegt und mir die Fähigkeit zum Schreiben geschenkt hat.

Danke an Friedbert Ninow, Bettina Zürn, Lothar Erbenich und an meine Kinder Selina und Yannic für die wundervollen Fotografien.

Danke an Bärbel Kriegel und meinen Sohn Yannic. Beide haben die Arbeit der Korrektur und des Lektorats übernommen und so manche Satzstellung verändert.

Danke an meine kleine Freundin Erika (Sie ist meine kleine Freundin, weil sie kleiner ist als ich). Sie hat die Fotografien bearbeitet und in die richtige Größe umgewandelt.

Danke an Titus Müller (Schriftsteller, ausgezeichnet mit dem C.S. Lewis-Preis, u.a. schrieb er „Tanz unter Sternen", „Glück hat tausend Farben", „Vom Glück zu leben"), der mir mit Rat und Tat zur Seite stand und mit seinem Buch für Autoren „Vom Abenteuer, einen Roman zu schreiben" sehr viele wertvolle Tipps gegeben hat.

Ein friedlicher und entspannter Tag

Heute habe ich meinen freien Tag, d. h. ich gönne mir einen Tag Urlaub. Schon vor einigen Wochen habe ich mit meiner Freundin Doris ausgemacht, dass wir in die Sauna gehen werden. Nun liege ich hier auf einer bequemen Liege, den Blick auf eine große Fensterscheibe gerichtet, die von oben bis unten und von links nach rechts reicht. Links neben mir auf der Liege liegt Doris. Zwischen uns befindet sich ein kleines Tischchen, worauf wir unsere Getränke und unser Buch liegen haben. Es ist so angenehm, so ruhig. Im Hintergrund plätschert ein Brunnen, die Frau rechts neben mir knistert mit ihrer Zeitung. Ich schweife mit meinen Augen durch die große Glasscheibe ins Freie. Draußen ist ein herrlicher Sauna-Garten. Der Himmel ist grau und wolkenbehangen. Dennoch fliegen die Vögel von einem Ast zum anderen. Vorhin war ich auch draußen. Ein kleiner künstlich angelegter Bach gleitet sacht wie eine Schlange durch den Garten. Es war erfrischend, mit den Füßen darin zu laufen. Danach habe ich meine Füße abgetrocknet und in warme selbstgestrickte Socken gepackt.
Zur vollen Stunde gibt es immer einen bombastischen Aufguss. Zwei habe ich heute schon miterlebt: „Rose-Sandelholz" und „Kirsche-Minze". Es tut so gut! Die Wärme, die Hitze, die wie Feuer auf meiner Haut prickelt. Es belebt die Seele.

Langsam kommt die Sonne zum Vorschein, die Wolken verziehen sich, der Himmel wird blau. Eine Frau im weißen Bademantel steht im Sonnenlicht und trinkt ihren Kaffee. Meine Freundin neben mir ist in ihr Buch vertieft. Alles ist so friedlich.
Danke, dass ich heute diesen Frieden empfinden darf.
Danke, Gott, dass du mir Frieden schenkst.
„Der Herr blicke euch freundlich an und schenke euch seine Liebe! Der Herr wende euch sein Angesicht zu und gebe euch Glück und Frieden!" (4. Mose 6, 25 + 26)

Bist du glücklich?

Was ist Glück? Ist es die Erfüllung unserer Wünsche? Stimmt das? Der Volksmund sagt: Jeder ist seines Glückes Schmied. Eines weiß ich: Jeder Mensch möchte glücklich sein. Die Gesellschaft verspricht uns Möglichkeiten zum glücklich werden. Zum Beispiel: durch Meditation, Glücksspiel und Musik. Diese Glückshilfen können allerdings süchtig machen.
Ich frage dich: Bist du heute glücklich? Wir Menschen sind geprägt durch die Medien und suchen dort nach unserem Glück: Im Internet, in der Zeitung und im Fernsehen. Wir neigen dazu, uns zu vergleichen, welches Auto hat mein Nachbar, welchen Beruf, welche Schulbildung. Kaufe ich auch im Markenladen ein wie Herr X und Frau Y? Sind wir glücklicher, wenn wir etwas „Besseres" haben als die anderen?
Glücklich sein ist aber nicht nur Spaß, es ist tiefgreifender. Was sagt Jesus zum glücklich sein? „Sorgt euch zuerst darum, dass ihr euch seiner Herrschaft unterstellt, und tut, was er verlangt, dann wird er euch schon mit all dem anderen versorgen." (Matthäus 6,33) Wenn wir gerecht und hilfsbereit sind, unser Wort halten, den Nächsten lieben, dann regiert Gott unser Herz. Bete Gott an! Vertausche Gott nicht mit etwas anderem. Lass dich reinigen von Sucht, Neid, Lügen und Gewalt. Bitte Gott um ein reines Herz, dann wirst du glücklich sein. Und weiter lesen wir in der Bibel: „Dann wird der Herr, euer Gott,

euer Tun segnen und euch alles im Überfluss schenken. Ihr werdet viele Kinder haben, euer Vieh wird sich vermehren und die Felder werden reiche Ernten bringen. Der Herr wird wieder Freude an euch haben und euch Gutes tun, so wie es bei euren Vorfahren gewesen ist." (5. Mose 30,9) Seine Definition ist anders als die menschliche: Glück ist nicht abhängig vom momentanen Zustand, sondern geprägt von der Hoffnung. Glücklich zu sein ist für jeden erreichbar. Jesus sagt: „Mehr noch dürfen die sich freuen, die Gottes Wort hören und danach leben!" (Lukas 11,28) Wir wollen glücklich leben wollen, richten wir unser Leben nach Gottes Geboten aus. Jesus hat uns erfunden, und er ist der Fachmann für unser Glück. Glücklich sind die, die erkennen, dass wir Jesus brauchen.

Die Seligpreisungen (Glückspreisungen) in Matthäus 5, 3-10 sind ein wunderbares Rezept.

Tag des „Findens"

Heute habe ich vier Dinge gefunden, die ich gesucht habe.
Erstens fand ich einen kleinen Kissenbezug. Diesen habe ich seit ca. einem halben Jahr vermisst. Ich habe zwei von diesen Bezügen. Und wenn einer beim Waschen ist, wird der jeweils andere verwendet. Aber wie schon erwähnt: Einen der beiden vermisste ich seit einiger Zeit. So bat ich eine liebe Bekannte, mir einen neuen Bezug zu nähen. Und das tat sie auch. Letzte Woche hat sie mir ihn gegeben. Und was war heute? Ich wühlte bei meinen Spannbetttüchern herum und siehe da, da war der Kissenbezug. Dort hatte ich ihn nicht gesucht.
Dann suchte ich seit einer langen Zeit nach einer Telefonliste. Keiner in meiner Familie hatte diese Liste. Ich brauchte sie oft, denn da standen Telefonnummern darauf, die ich öfters benötige. So musste ich immer jemand anderen anrufen, um an die eigentliche Nummer heranzukommen. Ein Telefonbuch hat mir auch nicht immer was genützt. Und heute, wie durch einen Zufall, fiel mir die Liste in die Hände. An dem Platz habe ich eigentlich des Öfteren gesucht, aber erst heute bemerkte ich die Liste.
Und dann habe ich Eintrittskarten gefunden. Ja, mein Mann hatte Eintrittskarten für ein Museum geschenkt bekommen. Er fand sie nicht mehr. Ich wusste auch nicht, wo er sie hingelegt hatte. Heute habe ich einen

Korb ausgeräumt, der seit ewigen Monaten in der Küche stand. Immer unbemerkt, mit viel Kleinkram darin. Ich wollte die Dinge nie aufräumen, weil es Sachen von meinem Mann waren, aber jetzt störten mich der Korb und der Kleinkram. Und siehe da: Da waren die Eintrittskarten!

Und als viertes suchte ich heute ein Notenheft. Ich fing heute erst mit der Suche an, alles habe ich durchgeschaut, jeden Schrank, jede Schublade, nichts. Und dann auf einmal kam mir der Gedanke: Bei meinen Lieblingsbüchern wird es sein. Und es stimmte! Zwischen den Büchern steckte dieses Notenheft.

Mir kam gleich ein Bibelvers in den Sinn: „Bittet, und ihr werdet bekommen! Sucht, und ihr werdet finden! Klopft an, und man wird euch öffnen!" (Matthäus 7,7)

Es klingelt an der Tür

Gestern hat es an unserer Haustür geklingelt. Wir haben zwar eine Sprechanlage mit Kamera, aber in diesem Moment rechnete ich fest damit, dass die Nachbarin komme, denn wir hatten uns zum „Geburtstag-Kaffee-Klatsch-meiner-Tochter" verabredet, so schaltete ich das Gerät nicht an. Ich machte also fröhlich die Tür auf, aber siehe da, keine Nachbarin, auch kein bekannter Postbote oder Päckchenlieferant, sondern ein kleiner alter Mann mit Hut, gekleidet in einer schmuddeligen Jacke. Er lächelte etwas und streckte mir seinen Ausweis und einen Zettel entgegen. Da ich vor einiger Zeit schon mal auf so einen Menschen hereingefallen war, bin ich vorsichtig geworden. Er kommt aus Russland und hat alles was er hatte verloren. Da wir in einem guten Sozialstaat leben, weiß ich, dass Menschen versorgt und ihnen eine Unterkunft geboten wird. Ich dachte, der Mann möchte Geld haben. Nein, Geld gebe ich nicht, denn was macht er mit dem Geld? Alkohol kaufen, um seinen Kummer zu vergessen, vielleicht Zigaretten, ich war total unsicher. Was geht in so einem Menschen vor, der an Haustüren klingelt, um Ansprache zu bekommen. Ja, vielleicht wollte er nur ein bisschen unterhalten werden, um den Tag sinnvoll zu gestalten. Ich wusste es nicht. Als ich dann zu verstehen gab, dass er nichts von mir bekommen würde, deutete er auf seinen Mund um mir zu verdeutlichen, dass er Hunger habe. „Sie haben Hunger?", fragte ich. Er nickte. Ich machte die Haustüre zu, ließ den Mann kurz draußen stehen und ging in die Küche. Was packe ich jetzt ein? Der Kuchen und die Plätzchen standen bereits auf einem schön gedeckten Tisch. Ich nahm eine Vespertüte und packte einige Plätzchen ein. Die gab ich dann dem hungrigen Mann. Er freute sich und verabschiedete sich.

„Er hat den Verdurstenden zu trinken gegeben und den Hungernden reiche Nahrung verschafft." (Psalm 107, 9)

Ich habe dem Mann keine reiche Nahrung verschafft, aber einen kleinen Leckerbissen. Als er weg war, dachte ich, dass ich ihm ja noch eine Banane und einen Apfel hätte geben können. Und eine Flasche Wasser wäre sicherlich auch gut bei ihm angekommen.

Das nächste Mal mache ich es besser!

Die kleine gelbe Blume

Eines Tages besuchte ein Gast in Indien einen wunderschönen Garten. Er bestaunte all die Pflanzen, doch er hörte von allen Seiten Klagen. Der Mangobaum wollte lieber eine Kokospalme sein. Warum? Weil der ganze Baum – die Früchte, die Blätter, die Äste und der Stamm – nützlich waren, während vom Mangobaum nur die Früchte verwendet werden konnten.

Und die Kokospalme wiederum beneidete den Mangobaum, weil seine Früchte aus Indien exportiert werden konnten und so Devisen ins Land brachten.

Jede Pflanze blickte neidvoll auf eine andere; jede dachte, die andere würde mehr zum Allgemeinwohl beitragen als sie selbst.

Dann bemerkte der Besucher eine kleine gelbe Blume, die in der Ecke fröhlich vor sich hin blühte. Er beugte sich hinunter und wollte wissen, warum sie sich nicht beklagte.

Die Blume antwortete: „Ich habe oft die Kokospalme betrachtet und war neidisch auf ihre Wedel. Oft habe ich mir gewünscht, so wunderschöne, köstliche Früchte wie der Mangobaum zu tragen. Dann dachte ich mir, wenn Gott gewollt hätte, dass ich eine Kokospalme oder ein Mangobaum wäre, so hätte er mich als solche geschaffen. Doch scheinbar wollte er, dass ich eine kleine gelbe Blume wäre, also will ich die beste kleine gelbe Blume sein, die es gibt."

(„Mach mehr aus deinem Leben", Alf Lohne, Saatkorn-

Verlag, mit freundlicher Genehmigung des Verlages)
Diese kleine gelbe Blume brachte den Besucher zum Nachdenken. Und uns? Bringt sie uns auch zum Nachdenken? Gott hat jeden einzelnen von uns wunderbar geschaffen und jedem eine Aufgabe für sein Leben gegeben.
„Macht darum Schluss mit allem, was unrecht ist! Hört auf zu lügen und euch zu verstellen, andere zu beneiden oder schlecht über sie zu reden."
(1. Petrus 2,1)

© Friedbert Ninow

Der Brief

Meine 87-jährige Tante wohnt in Bad Aibling. Ihr geht es gut, und sie fühlt sich sehr wohl. Da sie noch gut zu Fuß ist, ging sie kurz vor Weihnachten durch die Stadt. Sie war auf dem Weg zur Post, da sah sie auf dem Fußweg einen schmutzigen Briefumschlag liegen. Blitzschnell kam ihr der Gedanke: „Den hebe ich auf". Man sieht ja viel auf dem Boden liegen, wie es leider so ist, weil viele Menschen scheinbar keine Mülleimer kennen. Aber dieser weiße Umschlag schien zu meiner Tante zu rufen: „Heb mich bitte auf!" Und als sie ihn in der Hand hatte, sah sie, dass keine Briefmarke darauf klebte. Der Brief war adressiert, aber eben ohne Briefmarke. Auch der Absender fehlte. Da Tante Resi sowieso auf dem Weg zur Post war, nahm sie den Brief mit und wollte ihn aufgeben. Denn vermutlich war er auf dem Weg zur Post verloren gegangen. Sie dachte sich: `Die 55 Cent habe ich übrig´. In der Post Filiale musste meine Tante sich anstellen, denn es waren viele Leute da, die Briefe und Pakete verschicken wollten. Sie war geduldig, bis sie eine Dame sah und hörte, die sich nach einem verlorenen Brief erkundigte. Sofort rief Tante Resi ihr zu: „Ich hab den Brief!" Totenstille in der Filiale! Für einige Sekunden waren in den Augen aller Anwesenden eine erstaunte Dame und eine freudige alte Frau.
„Bittet, und ihr werdet bekommen! Sucht, und ihr werdet finden! Klopft an, und es wird euch geöffnet!" (Matthäus 7, 7)

Die Dame war erst sehr erschrocken und dann, als sie den Brief wieder in den Händen hielt, war sie voller Freude. Sie erzählte meiner Tante, dass in dem Brief ein Geldschein sei, der auf die Reise gehen solle.

© Friedbert Ninow

Der Glücksbringer

Als es heute an der Haustür klingelte und ich durch die Sprechanlage fragte, wer da sei, sagte eine freundliche Stimme: „Der Schornsteinfeger". Ich öffnete die Tür und meinte zu dem Mann, der in seiner schwarzen Kleidung und seinem Besen um die Schulter auf Einlass wartete: „Ich habe sie nicht erwartet. Ich mag es nicht, wenn sie unangemeldet kommen." Da wir uns schon länger kennen, sollte er wissen, dass es mir lieber ist, wenn er sich vorher ankündigt, als so überraschend zu erscheinen.

Der Schornsteinfeger wird von vielen Leuten als Glücksbringer bezeichnet. Können wir immer wissen, wann wir Glück haben? Können wir es planen? Meldet sich das Glück an? Oder kommt es zu uns, so wie der Kaminkehrer heute zu mir? In 1. Mose 33,11 heißt es:

„Gott hat mir Glück gegeben, ich bin sehr reich geworden." Glück kann ich nicht von einem Mann erwarten, der meinen Kamin sauber macht, sondern von Gott. ER ist der Glücksbringer. Gott ist immer bei mir, er ist immer um mich. „Der Herr wende euch sein Angesicht zu und gebe euch Glück und Frieden!"
(4. Mose 6,26)

Glück kann so viel sein: Das schmutzige Geschirr in der Küche, denn es zeigt mir, dass ich und meine Familie Essen haben, der volle Mülleimer beweist, dass ich das Chaos aufräume, der unordentliche Fußboden im Kinderzimmer bedeutet, dass meine Kinder Spaß

haben, ein Wäscheberg zeugt davon, dass wir frische Kleidung besitzen und ein nasses Bad bedeutet, dass wir es uns in einer warmen Badewanne gut gehen lassen. Glück kann aber auch eine kleine Blume sein, die am Wegesrand blüht, eine Schneeflocke, die auf meiner Nase landet oder der Regentropfen, der sich als Pfütze sammelt und in die ich hineinspringe.
Glück kommt von Gott und ich danke ihn dafür.

„gackern – schnattern – mäh"

Heute ist Freitag. Und an diesem Tag habe ich die Aufgabe, abonnierte Zeitschriften in meinem Wohnort auszutragen. Diese werden in der Nacht von Donnerstag auf Freitag in einer Kiste vor unser Haus gelegt. Ich bin dann erst einmal damit beschäftigt, jedes Heft, jede Zeitung mit dem jeweiligen Adressaufkleber zu versehen und gleich richtig zu sortieren, so wie mein Weg verläuft. Die Wetterlage war nicht so schön. Es war kalt und nebelig. Mit Schal, Winterjacke und Handschuhen radelte ich auf meinem vollgepackten Rad los. Erst in die Rother Straße, dann Denkmalstraße, Raiffeisenstraße, Luitpoldstraße, Ansbacher Straße. „Ach, was ist denn da?", dachte ich. Ich liebe diese kleine Seitenstraße. Hier gackern die Hühner und schnattern die Gänse. Das erlebe ich jede Woche und jedes Mal gefällt es mir. Doch heute hörte ich noch ein „mäh". Das war neu: Ein Schäfchen schaute mich an. Ich freue mich! Bei den Gänsen denke ich an Weihnachten, bei dem Schaf an Ostern. Weihnachten ist Jesus geboren, Ostern ist er gestorben und wieder auferstanden.

„Jesus wurde in Betlehem in Judäa geboren, zurzeit als König Herodes das Land regierte." (Matthäus 2,1)
„Jetzt ist alles vollendet. Dann ließ er [Jesus] den Kopf sinken und gab sein Leben in die Hand des Vaters zurück." (Johannes 19,30) „Gott hat ihn [Jesus] vom Tod auferweckt." (Matthäus 28,7)

25 Cent

Es war kurz vor Weihnachten als ich beim Einkaufen war. Ich hatte meine Einkäufe zusammen und stellte mich an der Kasse an. Nach mir kam ein ca. 12-jähriger Junge, der nur eine Cola Dose bezahlen wollte. Ich ließ ihm den Vortritt, denn ich dachte, er müsse vielleicht noch den Schulbus erreichen, der ihn nach einem erlebnisreichen Tag nach Hause bringen würde. Der Junge freute sich. Ich hatte es nicht eilig und ob ich nun zwei Minuten später hier fertig bin oder nicht, ist mir egal.

Die Kassiererin nahm die Dose in die Hand, zog sie über den Scanner, es piepste und der zu bezahlende Betrag wurde am Display sichtbar. Oh, Schreck, der Junge hatte die 25 Cent Pfand nicht einkalkuliert. Er hatte nur den reinen Warenwert parat. Er war schlagartig traurig. Blitzschnell kam mir in den Sinn: Die 25 Cent gebe ich dem Jungen.

„Sehr großzügig von Ihnen", sagte die Dame an der Kasse. „Das ist mein Weihnachtsgeschenk", sagte ich zu dem Jungen.

Der Junge bedankte sich bei mir, und er bekam sogar noch einen Cent heraus. Freundlich fragte er mich, ob ich den haben möchte. „Nein", sagte ich.

Gott macht es genauso: Er gibt uns viel, und er erwartet nichts zurück.

25 Cent können ein Geschenk sein. Man muss keine Millionen verschenken, um ein Lächeln zu bekommen.

„Freude zeigt sich am strahlenden Gesicht." (Sprüche 15, 13)

In diesem Moment war ich dankbar über die finanziellen Mittel, die mir jeden Tag zur Verfügung stehen. Wie viel davon gebe ich für andere ab? Wie viel verbrauche ich selber? Wie viel spare ich?

Danke Gott, dass du mir so viel gibst, dass ich davon auch etwas abgeben kann.

> *„Überlass dem Herrn die Führung in deinem Leben; vertrau doch auf ihn, er macht es richtig!*
> (Psalm 37, 5)

Ich sitze in meinem Zimmer und lasse die letzten Tage noch einmal Revue passieren. Es waren aufregende, spannende aber auch belebende und erquickende Stunden dabei. Ich plante mit Moni, einer Bekannten aus meiner Gemeinde, ein Seminar-Wochenende in Freudenstadt. Sie wollte mit ihrem Auto fahren, und ich würde Beifahrer sein. So war es gedacht.
Der Mittwoch zuvor war für mich ein sehr nervöser Tag. Vormittags putze ich immer bei einer Familie mit drei Kindern. Und an diesem Mittwoch musste ich mit Schrecken feststellen, dass nun zwei Haustiere im Haus wohnen: Ratten! Da ich eine ausgeprägte Mäuse- und somit auch Rattenphobie habe, stellten sich bei mir sofort Herzrasen und Zittern ein. Es war kein Vergnügen für mich, an diesem Tag auch noch ausgerechnet das Zimmer zu putzen, in dem sich der Käfig der „netten" Tiere befand.
Am Nachmittag bekam ich eine Mail, aus der hervorging, dass Moni unsere geplante Reise nicht antreten könne. „Oh nein!", schrie ich gleich auf, und meine Kinder fragten, was los sein. Mein erster Gedanke: „Wie komme ich nun nach Freudenstadt?" Und nach einem Telefongespräch mit Moni, versuchte

ich eine Ersatzperson für sie zu bekommen. An dem Nachmittag stand das Telefon nicht still. Wer mich kennt, der weiß, dass ich ungern telefoniere. Auch dieser Nachmittag war, wie schon der Vormittag, kein Vergnügen.

Der nächste Tag war nicht viel besser. Ich bekam einen Anruf von einer Nachbarin, bei der ich immer freitags beim Putzen bin. Ich bräuchte diese Woche nicht zu kommen, da sie zu Hause sei. Aber ihre Waschmaschine sei kaputt, und sie habe sehr viel Wäsche. Es wäre nett, wenn ich die Wäsche waschen könne. Na gut, dies habe ich dann am Donnerstag gemacht.

Eine Ersatzperson für Moni wurde noch nicht gefunden. Aber unterdessen habe ich mit Hilfe von Heidi, eine weitere Bekannte aus meiner Gemeinde, eine Bahnverbindung bekommen. Da war ich nun zufrieden und meine Nervosität wurde besser. Bis ich am Abend meinem Papa davon erzählte. Er meinte: „Du kannst doch nicht mit dem Bayern-Ticket fahren! Du fährst doch nach Baden-Württemberg!" Oh, Schreck! Da habe ich bei der ganzen Aufregung nicht dran gedacht. An diesem Abend war ich dann total durcheinander. Aber Gott sei Dank, ja wirklich, habe ich immer nette Nachbarn. So wurde mir eine Verbindung für den Zug ausgedruckt, und auch mitgeteilt, dass ich nur ab Ansbach fahren könne, weil nur dort die Möglichkeit sei, die Fahrkarte für ein anderes Bundesland zu lösen. Ich brauchte nämlich ein Ticket von Ansbach bis Crailsheim und dann ab dort

das Baden-Württemberg-Ticket.
So sagte ich meiner Nachbarin wieder ab, die sich anbot mich zum Bahnhof in Windsbach zu fahren, weil sich nun eine andere Nachbarin anbot, mich nach Ansbach zu fahren. So, nun wurde ich endlich ruhiger.
Wie jeden Freitagvormittag konnte ich dann in aller Ruhe die Zeitungen austragen. Meinen Koffer konnte ich auch fertig packen und mein Mann eröffnete mir, dass er an diesem Tag nicht arbeiten werde. Somit habe ich meiner netten Nachbarin wieder abgesagt, denn nun konnte Thomas, mein Mann, mich zum Bahnhof bringen. Er war aber noch damit beschäftigt, eines seiner Streifenhörnchen einzufangen, das entwischt war und durch die Küche huschte. Schließlich wurde auch das Hörnchen gefangen und wieder sicher in den Käfig gesetzt. Trotz aller Hindernisse haben wir es pünktlich zum Bahnhof geschafft.
Diese drei Tage waren für mich nicht leicht. Aber ich habe gemerkt, dass ich mich auf Gott verlassen kann. Auch wenn nicht immer alles ohne Komplikationen abläuft, weiß Gott in welche Richtung es geht und wie viel Stress er mir zumuten kann.
Die Zugfahrt nach Freudenstadt verlief problemlos und ich bin gesund angekommen. Das Wochenende war sehr bereichernd für mich. Durch die Gespräche und die Themen des Seminares habe ich festgestellt, dass meine Kinder im Grunde sehr lieb sind. Ich kann sehr zufrieden mit ihnen sein. Ich denke auch, dass ich bei der Erziehung Gottes Führung immer wieder erfahren

durfte und weiterhin erfahren darf.

Der Samstagabend war für mich ein Höhepunkt: Es war Sauna-Time. Das war entspannend und auch die „Spaziergänge" zwischendurch im Schnee waren Balsam für meine Seele.

Die Heimfahrt am Sonntag war nicht so toll. Da im Raum Stuttgart ein sehr starker Orkan herrschte, war die Zugverbindung ziemlich lahm gelegt. Glücklicherweise traf ich in Eutingen, ein Bahnstieg an dem ich umsteigen musste, Gudrun, eine Seminarteilnehmerin, die eigentlich schon im Zug nach Hamburg sitzen sollte. So war ich nicht alleine inmitten der vielen Menschen. Es war sehr aufregend. Als wir dann endlich am Stuttgarter Bahnhof ankamen, fühlte ich mich wie eine kleine Ameise im Ameisenhaufen. So viele Menschen habe ich zuvor noch nie auf einmal gesehen. Keiner wusste, wann und ob überhaupt noch ein Zug fahren würde. Unterdessen rief ich zu Hause an und teilte mit, dass ich nicht wisse, ob und wann ich heimkäme. Aber nach einiger Zeit kam für mich die erlösende Durchsage, dass ein Zug in Richtung Nürnberg bereitstehe. Dieser hält auch in Ansbach. So verabschiedete ich mich von Gudrun, die leider immer noch nicht wusste, wie es bei ihr weiter gehen sollte, und drängte mich durch die Menschenmenge auf den Bahnsteig, wo der Zug bereits stand. Es war wie ein Treffer im Lotto: Ich habe einen Sitzplatz bekommen.

Die Fahrt war sehr gut. Es war ein IC. Eigentlich hätte ich mit meiner Fahrkarte in diesem Zug nicht reisen dürfen. Aber an diesem Tag war alles möglich. Es herrschte überall ein großes Durcheinander und jeder war froh, irgendwo hinzufahren. Auch wenn es nicht unbedingt der Zielbahnhof war, den man anstrebte. Neben mir saß eine Frau, die zu ihren Eltern nach Ansbach fuhr, aber eigentlich wollte sie nach Heidelberg zu ihren Kindern, die alleine zu Hause waren.

Ich bin um circa 20 Uhr in Ansbach angekommen. Habe gehofft, dass es noch einen Zug bis Wicklesgreuth gibt. Aber da hoffte ich umsonst. So habe ich Thomas, meinen Mann, angerufen, dass er mich abholen solle. Er traf kurz darauf auch ein.

In der Wartehalle standen viele Leute, die sich abholen ließen, denn es war wirklich kaum noch ein Zug unterwegs.

Nun freue ich mich auf das nächste Seminar-Wochenende in 14 Tagen.

Bin gespannt, welche Überraschungen Gott dann für mich vorgesehen hat.

Eine interessante Fahrt

Einmal in der Woche fahren wir nach Nürnberg zum Gottesdienst. Meine 15-jährige Tochter hat dazu oft keine Lust. Ich freue mich dennoch, dass sie mitkommt. Aber diesmal war es anders. Als wir ankamen, sagte sie: „Gut, dass ich mitgefahren bin." Was war los? Waren die 30 Minuten Fahrzeit anders als sonst? Ja, es war eine interessante und spannende Fahrt. Schon als wir von unserem Heimatort auf die Bundesstraße fuhren, sahen wir eine große Schafherde. Das sah so schön aus. Ich liebe Schafe! Die Bäume waren leicht verschneit und mitten auf der Wiese die vielen Schafe. Ein herrlicher Anblick.
Dann kamen wir an einem Industriegebiet vorbei, wo wir ein brennendes Haus sahen. Auch das sieht man nicht alle Tage. Entgegen kam uns der Krankenwagen, der aber ganz knapp vor uns falsch abgebogen war. Mein Sohn, er war am Steuer, musste scharf bremsen, so wie der Krankenwagen auch, der scheinbar merkte, dass er die falsche Straße gewählt hatte. Und kurz vor unserem Ziel sahen wir im Straßengraben ein Auto liegen.
Es ist nicht immer alles schön, was wir sehen und erleben. Aber ich bin mir sicher, dass Gott uns die Augen öffnet für alles was um uns herum passiert.
„Herr, öffne mir die Augen für die Wunder, die dein Gesetz in sich verborgen hält!" (Psalm 119, 18)
„Das Ohr ist zum Hören und das Auge zum Sehen,

dazu hat der Herr beide geschaffen." (Sprüche 20,12) Ich danke Gott, dass meine Tochter diese Erlebnisse für sich als positiv eingestuft hat und vielleicht wieder mehr Lust bekommt auf den wöchentlichen Gottesdienstbesuch.

© Selina Widulle

Warum bin ich Christ?

Ich wuchs in einer christlichen Familie auf und bin als Kind in den Kindergottesdienst gegangen. Als Jugendliche gab es eine Zeit, da habe ich alles in Frage gestellt. Wollte von Gottesdienstbesuchen nichts mehr wissen und habe mich anderweitig beschäftigt. Aber Gott behielt mich im Auge. Er wollte mich nicht verlieren. Eines Tages wurden mir die Augen geöffnet. Das, was ich als Kind gelernt und mitbekommen hatte, schien mir auf einmal glaubhaft. Seitdem praktiziere ich einen christlichen Lebensstil. Das heißt, ich habe Gott in mein Leben gelassen, spreche mit ihm, höre auf sein Wort. Ich mache deshalb zwar nicht alles richtig, aber ich weiß, dass ich jeden Tag die Kraft bekomme, die ich brauche, um den Alltag zu bestehen. Ich bin Christ, weil ich das Leben, das Gott mir schenkt, aus seiner Hand nehme, und ich weiß, dass Gott jeden Menschen liebt. Er ist mein guter Vater, der mir Freude schenkt und mir beisteht, wenn es mir schlecht geht.
Warum bist DU Christ?

Warum möchte ich, dass du auch auf der neuen Erde bist?

Ich freue mich auf die neue Erde, die Gott für uns bereithält. Ich wünsche mir sehr, eines Tages dort sein zu dürfen. Seitdem ich das Buch „Der Traum" (James Bryan Smith von Gerth Medien) gelesen hatte, habe ich eine Vision, wie es einmal sein könnte.
In der Bibel bekommen wir Hinweise, dass die neue Erde wunderschön sein wird (Offenbarung 21 und 22). Wenn ich dann dort alleine sein sollte, wäre es nicht so schön. Dich dort zu treffen, mit dir gemeinsam spazieren zu gehen, oder die Schafe und die Löwen zu streicheln, das wäre wunderbar. Ich glaube auch, dass wir dort alle gesund und glücklich sein werden. „Und Gott wird abwischen alle Tränen von ihren Augen, und der Tod wird nicht mehr sein, noch Leid noch Geschrei noch Schmerz wird mehr sein; denn das Erste ist vergangen." (Offenbarung 21,4) Und wenn wir gemeinsam über blühende Wiesen laufen und in Gottes Angesicht schauen, wäre das der Lohn für ein Leben auf der Erde. Freue dich auf deine Heimat bei und mit Gott. Wir sehen uns!

Sandburg

Im Mai 2010 verbrachten wir unseren Urlaub in Spanien. Am Strand von Roses sahen wir erstaunliche Bauwerke. Da buddelten nicht nur Kinder im Sand, sogar Erwachsene bauten dort Sandburgen. Wir blieben begeistert stehen und sahen alles genau an. Die Türmchen, die Fenster und Treppen. Einmalig! Es verlangt nach guter Fingerfertigkeit, um solche Burgen zu bauen. Da die Sonne ihre Strahlen mit hoher Temperatur auf die Gebäude schickte, der Sand trocken wurde, drohte alles zu zerbröseln. Deshalb waren die Bauarbeiter bemüht, mit feinen, nassen Nebeln ihre Bauwerke zu besprengen. Am Abend begann es zu regnen. Und am nächsten Tag war von den schönen Kunstwerken nicht mehr viel übrig. Kein Fußgänger blieb mehr stehen und staunte.

Zu diesem Urlaubserlebnis fallen mir zwei Beispiele ein:

1) Gott hat uns geschaffen. Liebevoll hat er sich jeden von uns ausgedacht. Keiner gleicht dem anderen. Sogar Zwillinge sind nicht 100%ig gleich. Gott freut sich an uns. Er ist unser Bauherr. Er „besprengt" uns mit Liebe, Sonne und Freude. Wenn aber der Regen der Sünde über uns hereinbricht, kann viel von dem, was geschaffen wurde, kaputt gehen.

2) Worauf baust du dein Leben? Hast du einen festen Halt? Oder wirst du weggeschwemmt, wenn es mal turbulent zugeht? Mir tut es gut zu wissen, dass ich

bei Gott meinen Halt habe. Mein Leben ist nicht vor Sorge und Traurigkeit geschützt. Wenn dunkle Wolken mich bedrängen, mein Leben bröckelig wird, dann weiß ich, dass Gott mich mit seiner Liebe wieder aufrichten kann. Er ist dann wie ein nasser Nebel, der mich sanft besprüht und ich wieder Freude empfinden kann.

„Darum, wer diese meine Rede hört und tut sie, der gleicht einem klugen Mann, der sein Haus auf Fels baute. Als nun ein Platzregen fiel und die Wasser kamen und die Winde wehten und stießen an das Haus, fiel es doch nicht ein; denn es war auf Fels gegründet. Und wer diese meine Rede hört und tut sie nicht, der gleicht einem törichten Mann, der sein Haus auf Sand baute. Als nun ein Platzregen fiel und die Wasser kamen und die Winde wehten und stießen an das Haus, da fiel es ein und sein Fall war groß."
(Matthäus 7, 24 – 27)

Wie bei „Frau Holle"

Sicherlich kennst du die Geschichte von Frau Holle. Da gibt es die Goldmarie und die Pechmarie. Beide Mädchen haben eine Zeit bei Frau Holle verbracht. Eine war fleißig, freundlich und hilfsbereit, die andere war faul, unfreundlich und egoistisch. Dennoch liebte Frau Holle beide. Am Ende des Besuches erhielt jeder seinen Lohn. Die Fleißige wurde in Gold gekleidet. Sie strahlte und glänzte. Die Faule wurde mit Pech überschüttet. Ihre Haare klebten und ihr Kleid war schwarz und schwer.

Uns geht es nicht anders. Auch wir werden unseren Lohn bekommen. Gott hat es in seinem Wort verheißen: „Gebt Acht!" – Nein, Angst sollen wir nicht bekommen. Es ist schön, wenn wir gewarnt werden und uns dementsprechend verhalten können. Unser Retter ist schon auf dem Weg. Und für jeden bringt er den Lebenslohn mit. Wollen wir nicht alle ein schönes Geschenk bekommen? Wenn wir hier auf der Erde freundlich und hilfsbereit sind, Gottes Gebote ernst nehmen und uns an seiner Schöpfung freuen, so denke ich, können wir mit einem herrlichen Lohn rechnen.

„Siehe, ich komme bald und mein Lohn mit mir, einem jeden zu geben, wie seine Werke sind." (Offenbarung 22, 12)

Ich – ein Engel?

Ich brachte meine Tochter heute Mittag nach Wicklesgreuth zum Bahnhof. Sie wollte mit ihrer Freundin nach Nürnberg zum Shoppen fahren. Am Bahngleis mussten wir noch ein paar Minuten warten. Es war sehr kalt. Eine Frau sprach uns an, sie erzählte uns, dass der Zug um 11.05 Uhr, Richtung Neuendettelsau nicht gekommen sei und ob wir wüssten, was da los wäre. Sie habe einen Arzttermin und hoffe nun, dass der nächste Zug komme. Wir kamen weiter ins Gespräch. Sie berichtete uns von ihrer Knieoperation und sie überlegte schon, wie sie wieder nach Hause komme, wenn auch da kein Zug fahre. Ich fragte sie, zu welchem Arzt sie müsse? Zum Orthopäden nach Neuendettelsau. Diesen Arzt kannte ich und bot ihr an, sie hin zu fahren. Ihr Gesicht erhellte sich und sie fragte, ob ich dies wirklich tun würde. Natürlich war dies ein ernst zu nehmendes Angebot von mir. Wir warteten noch einige Minuten, bis der Zug kam, der meine Tochter nach Nürnberg bringen sollte. Dann kam der Zug, die Freundin rief aus der Tür und Selina stieg zu ihr ein. Ich ging mit der 73-jährigen Dame zum Auto. Sie musste langsam laufen, denn sie hatte ihre Krücken nicht dabei. Während der Fahrt zum Arzt konnte sie ihre Freude nicht bremsen. Sie sagte noch: „Wenn es mal nicht mehr weiter geht, dann kommt von irgendwo ein Lichtlein her". Und sie meinte noch, ich sei ein

Engel.
Auch ich habe mich gefreut. Wie könne sie mir danken, fragte sie. Ich sagte, sie soll einfach DANKE sagen. Und die nette Dame sagte beim Aussteigen, sie werde mich in ihren Gebeten einschließen. Wenn ich in den nächsten Tagen was Nettes erlebe, dann ist dies auf ihr Gebet zurück zuführen. Dies waren ihre Worte. Es tut gut, einem Menschen zu helfen.
So kann es gehen. Gott gebraucht uns Menschen um Gutes zu tun. Er selber sandte seinen Sohn zu uns auf die Erde um zu helfen. Jesus half den Menschen. Er heilte, tröstete und sorgte sich um alte und junge Menschen. Wenn wir damals gelebt hätten, dann wäre es für uns wunderbar gewesen, an Jesus Seite zu wandeln und seine Wunder und Taten hautnah mitzuerleben. Ich habe im Laufe meines Lebens oft seine Führung erfahren dürfen, bin sogar Engeln begegnet und nun bin ich dankbar, dass ICH einmal ein Engel für jemanden sein durfte. Gott hat mich als sein Werkzeug gebraucht.

Der Frühling kommt

Heute, am 12. März, scheint die Sonne, es ist warm, die Luft duftet, und es wird Frühling. Ich liebe einen solchen Tag. Nach dem Gottesdienst und einem kurzem Mittagessen suche ich im Keller nach den Liegestühlen. Vor einem halben Jahr habe ich sie in den Winterschlaf geschickt. Heute, ja heute dürfen die „Stühle der Ruhe" wieder ans Tageslicht. Ich werde fündig, freue mich und trage sie in den Garten. Die Auflagen sind auch schnell zur Hand, und schwupps, ich setze mich darauf, nein, ich lege mich auf die Liege und schließe für einen kurzen Moment die Augen. Ich lasse die Sonne auf mein Gesicht scheinen. Ich spüre, dass sie bereits viel Kraft hat und meine Wangen warm werden lässt. Ich mache meine Augen auf und blicke im Garten umher. Da blühen bereits lila- und gelbfarbene Krokusse, und die Blätter der Tulpen und Osterglocken spitzen aus der Erde. Die Palmkätzchen sehen so weich und zart aus, als wollten sie die Wärme nicht wahr haben. Unsere Wiese gleicht eher einem Trampelpfad, doch wagen sich ein paar Gänseblümchen, die harte Erde zu durchdringen. Gänseblümchen sind meine Lieblingsblumen, klein, fein und wunderschön. Dann wende ich meine Aufmerksamkeit dem Grill zu. Da liegt noch Kohle von gestern Abend. Wir hatten gegrillt, wir hatten Besuch. Ich überlege mir, ob die Kohle noch warm ist und rieche in Gedanken den Bratwurstduft.

Ich höre das Gespräch der Nachbarn, die im Garten arbeiten. Sie liegen nicht im Liegestuhl, aber sicherlich freuen sie sich genauso wie ich über den kommenden Frühling.
Ich danke Gott, dass ich staunen darf über jedes Blümlein, das in meinem Garten wächst.
„Von jetzt an gilt, solange die Erde besteht: Nie werden aufhören Saat und Ernte, Frost und Hitze, Sommer und Winter, Tag und Nacht." (1. Mose 8,22)

Die Parkuhr

Ich war heute wieder mit den abonnierten Zeitschriften unterwegs. Als ich in die kleine Seitenstraße der Ansbacher Straße einbog, hörte ich bereits das Mähen der Schafe und das Gackern der Hühner und Gänse. Ich blieb für einen Augenblick stehen und schaute über den Zaun. Da sah ich kleine Meerschweinchen. Die erblickte ich heute zum ersten Mal. Ich liebe diesen kleinen Zoo. Ein paar Schritte weiter am Gartentor stand die Frau, die hier wohnt. Ich sprach sie an und erzählte ihr, dass ich mich jede Woche freue, hier mit dem Rad vorbeizufahren. Wir redeten über die Tiere, die Meerschweinchen, die Gänse. Sie erzählte von ihren Kindern, die sich auch an den Tieren erfreuen. Da fiel mein Blick auf eine alte Parkuhr, die sie im Hof stehen hat. Freudig sagte ich ihr, dass ich dies genial finde. Sie meinte, die Parkuhr haben sie aus dem Schuppen geräumt und nun neben die Bank gestellt. Und jeder der sich hinsetzen wolle, müsse etwas reinwerfen. Das war natürlich nur aus Spaß gemeint. Ich kam ins Nachdenken. Eine Parkuhr an einer Bank? Bezahlen fürs Ausruhen? Um seine Haushaltskasse aufzubessern ist dies eine lustige Idee. Viel schöner ist es aber, wenn man umsonst einen Ruheplatz bekommt, auftanken kann, verschnaufen darf.
In der Bibel lesen wir in Matthäus 11,28: „Kommt alle zu mir; ich will euch die Last abnehmen!" Wie schön ist

doch dieses Angebot. Gott stellt uns eine Bank zur Verfügung, auf der wir Platz nehmen dürfen.
Haben auch wir in unserem Garten oder vor unserem Haus eine Bank, auf der sich unsere müden und erschöpften Nachbarn ausruhen dürfen?

© Friedbert Ninow

ebay Auktionen

Seit einigen Jahren arbeite ich mit dem Internet-Auktionshaus ebay zusammen, um Waren zu verkaufen, die ich nicht mehr brauche. Ich verkaufe auch Gegenstände von Freunden und Bekannten. Kleidung, Bücher, Haushaltswaren, CD´s, Spielzeug, Fahrräder, Autoreifen…. einfach alles. Es macht mir Freude. Donnerstag ist immer mein „ebay-Tag". Bevor ich mich an den Schreibtisch zum Einstellen der Waren setze, ordne ich einige Zeit vorher die Ware. Es wird nach Jahreszeit sortiert, denn eine Winterjacke kann ich schlecht im Mai verkaufen, und für Inliner interessiert sich im Dezember auch keiner. Dann wird fotografiert, alles ins beste Licht gerückt, so dass es für den Käufer ansprechend ist. Bevor ich mich zum Arbeiten hinsetze, mache ich mir eine heiße Tasse Rooibusch-Tee mit Kandiszucker. Die einzustellende Ware liegt in einer Kiste neben mir am Boden. Die einzelnen Teile zu beschreiben, ins Detail zu gehen, die Versandkosten berechnen, Bilder hochladen und dann auf „Artikel einstellen" klicken, ist eine zufriedenstellende Arbeit. Jeden Tag kontrolliere ich die Geschäfte, beantworte Fragen der Interessenten und freue mich, dass meine angebotenen Gegenstände Gefallen finden. Eine Woche nach dem Einstellen sehe ich auf meinem Bildschirm, was verkauft wurde und was nicht. Sobald das Geld des Käufers auf meinem Konto ist, packe ich die Ware ein. Fast immer stecke

ich eine Karte, einen lieben Gruß, oder ein kleines Tütchen Gummibärchen mit hinein. Oft auch eine Einladungskarte für einen Bibelfernkurs. Einmal kam deswegen eine nette Bewertung zurück. Ich hatte jemanden ermutigt, auch solche Kärtchen, die auf die Liebe Gottes hinweisen, in die Päckchen zu geben. Diese Person war bis jetzt dazu immer gehemmt. Aber nun, durch mich, habe sie Mut bekommen.
„Genauso muss auch euer Licht vor den Menschen leuchten: Sie sollen eure guten Taten sehen und euren Vater im Himmel preisen." (Matthäus 5, 16)

Vertrauen

Wie damals bei den „Waltons" (Die Familie Waltons ist eine Fernehseriegrossfamilie Anfang des 19 Jahrhunderts) steht auch uns wahrscheinlich eine Weltwirtschaftskrise bevor, oder wir sind schon mittendrin. Jedenfalls reden einige Leute davon, was auf uns in kürzester Zeit zukommen soll. Ich selber sehe so manches als Spekulation an. Ich habe das Glück in einem Land zu leben, wo es mir und meiner Familie verhältnismäßig gut geht. Ich habe jeden Tag einen gefüllten Kühlschrank, der Weg zum Supermarkt ist nicht weit und mein Magen kennt keinen Hunger. Ich wohne in einem gemütlichen kleinen Haus, habe sogar einen Garten, in dem Blumen und so manches Kraut wächst. Mein Mann und ich haben Arbeit, und die Kinder gehen zur Schule. Ich bin zufrieden. Und dennoch werde ich fast täglich damit konfrontiert, dass dieser Luxus in bevorstehender Zeit zu Ende sein soll. Da höre ich, dass die Renten nicht mehr sicher sind, unser Bargeld bald nichts mehr wert ist, und dass die Banken, wo ich mein Geld habe, geschlossen werden sollen. Ich gehe fast jeden Tag in den nahegelegenen Supermarkt, um das zu kaufen, was ich für diesen Tag brauche. Mir gefällt es nicht, Vorrat anzulegen. Dennoch wird mir in letzter Zeit immer wieder erklärt, ich solle einen Vorrat für schlechte Zeiten schaffen. Dies fällt mir schwer, mir geht es gut und ich will nicht wahrhaben, dass dies irgendwann anders sein könnte. Da fallen mir zwei Bibeltexte ein: „Alle eure Sorgen werft auf ihn, denn er sorgt für euch." (1.Petrus 5,7) „Glauben heißt Vertrauen, und im Vertrauen bezeugt sich die Wirklichkeit dessen, worauf wir hoffen. Das, was wir jetzt noch nicht sehen: Im Vertrauen beweist es sich selbst." (Hebräer 11,1) Blind in die Zeit, die mir geschenkt wird, hineinlaufen, ist nicht gut. Jeden Tag mit Gottes Hilfe rechnen, dass ist das, was mir Halt gibt. Ich danke Gott, dass er mir Zufriedenheit schenkt und die Gewissheit, dass ich mich immer auf ihn verlassen kann. Er stand mir schon in vielen Krisen bei, und darauf vertraue ich auch weiterhin.

Sauna-Bekanntschaft

Ich sitze an einem verregneten, etwas windigen Aprilabend in einem Schaukelstuhl im Aus-Ruhraum der Sauna. In der Hand habe ich das Buch „Gott und die Hütte". Ich vertiefe mich in die Zeilen, um den Zusammenhang zu begreifen, während über mir der Lautsprecher versucht, Musik in meine Ohren zu bringen. Da werde ich von einer Sauna-Kollegin auf das Buch angesprochen. Sie fragt mich, ob ich gläubig sei. Wir kennen uns schon lange, doch erst jetzt kommen wir ins Gespräch über Gott, den Glauben, Vertrauen und Vergeben. Es fasziniert mich immer wieder, wenn ich auf Menschen treffe, die Gott in ihr Leben aufgenommen haben, mit ihm reden und auf ihn hören. Sie erzählt mir, dass ihr Leben durch tiefe Täler geht, aber immer wieder ins Licht kommt. Da berichte ich ihr von der Botschaft, die ich durch das Buch „Die Hütte" erhalten habe und die mir im Alltag Kraft gibt: Gott kann aus jedem Unglück, aus jedem Schicksalsschlag und aus jeder Traurigkeit etwas Gutes machen.
Regina geht etwas eher als ich nach Hause, ich lege mich noch auf die Bank und denke über unser Gespräch nach. Ich fühle mich wohl. Es tut so gut, ein schönes Gespräch geführt zu haben.
Ich freue mich nun schon auf den nächsten Sauna-Besuch, bei dem ich Regina wieder treffen werde. Wir haben etwas, das uns verbindet: Die Liebe zu Gott und

seiner Führung.

„Denn wo zwei oder drei in meinem Namen zusammenkommen, da bin ich selbst in ihrer Mitte." (Matthäus 18, 20)

© Friedbert Ninow

Das Foto auf dem Schreibtisch

Hast du auf deinem Schreibtisch ein Foto von deinen Liebsten stehen, von deinen Kindern, deinem Ehepartner oder deinem Haustier? Ein Foto, auf dem sie besonders hübsch aussehen, in einem netten Kleid, vielleicht mit einem Lächeln auf dem Gesicht? Du stellst das Foto, das in einem schönen Rahmen ist, auf einen guten Platz. Und wenn du während der Arbeit auf das Foto schaust, kannst du dich freuen, dass du Menschen in deinem Leben hast, die dich lieben und die du lieben darfst.

Es ist früh am Morgen. Du liegst noch im Bett. An der Haustür klingelt es. Widerwillig stehst du auf, im Pyjama und Pantoffeln schlappst du zur Tür. Du öffnest, lugst hinaus und der freundliche Postbote übergibt dir ein Paket. In dem Moment bist du froh, dass es nur der Postbote ist und gleich wieder geht, denn du bist noch nicht richtig angezogen. Oder du liegst im Krankenhaus, dir geht es schlecht, die Haare sind seit Tagen nicht gewaschen und gekämmt, du siehst echt elend aus.

Stell dir vor, dass statt des Postboten ein Fotograf vor der Tür steht und ein Foto von dir macht. Nicht schön, mit Pantoffeln und Pyjama, nicht „bella figura", wie die Italiener sagen. Noch weniger schön wäre ein Foto im Krankenhaus. Sicherlich ist es dir lieber, wenn ein Bild von dir gemacht wird, auf dem du in deinem schönsten Kleid oder deinem besten Anzug mit deinem freundlichsten Lächeln abgebildet bist. Ein Foto, so wie wir es von der Werbung kennen.

Und wie ist es, wenn plötzlich Gott vor dir steht? Er macht keinen Termin aus, damit du dich vorbereitest. Er klopft an deine Herzenstür, du darfst ihm öffnen, egal wie du aussiehst. Dein Haar muss nicht frisch frisiert sein, du darfst im Schlafanzug kommen. Und wenn Gott an dein Krankenbett tritt, darfst du sein, wie du dich im Moment fühlst. Er streichelt dir über den Kopf und möchte dein Arzt sein. Gott macht jeden Tag und jede Stunde, ja sogar jede Sekunde, ein Foto von dir. Er liebt dich in jeder Lebenslage. Es ist befriedigend zu wissen, dass Gott jeden Menschen liebt und dass er immer um uns ist.

„Von allen Seiten umgibst du mich, ich bin ganz in deiner Hand." (Psalm 139, 5)

Aus negativ wird positiv

Im August 2011 nahm ich an einem Gemeinschaftscamp unserer Freikirche als Mitarbeiterin in der Kinderbetreuung teil. Ich wurde in einem Doppelzimmer im Studentenwohnheim mit einem jungen Mädchen einquartiert. Im Zimmer waren ein Bett und eine Matratze am Boden. Da ich das Zimmer als Erste bezog, reservierte ich für mich das Bett. Kurze Zeit später kam das Mädchen, das mit mir das Zimmer teilen sollte, auf mich zu und redete auf mich ein, dass sie nicht am Boden schlafen wolle und dass sie viel Geld dafür bezahlt habe und das Bett haben möchte. Ich selber zahlte nichts, denn ich war zum Arbeiten da, und Mitarbeiter werden kostenlos untergebracht. Und nach einem anstrengenden Tag freue ich mich schließlich auch auf einen guten Schlaf. Da ich in meinem Leben meistens nachgebe, um des lieben Friedens Willen und es allen recht machen möchte, habe ich mir vorgenommen, diesmal nicht nachzugeben. Das Mädchen war sichtlich entsetzt darüber, wie ich reagierte und eilte sofort zur Campleitung. Es dauerte nicht lange, da wurde mir von der Leitung der Kinderbetreuung ein Einzelzimmer angeboten. Etwas weiter weg, aber eben ein Einzelzimmer. Ich war wie vor den Kopf gestoßen und packte meinen Koffer und ließ mich zur neuen Unterkunft fahren. Ich fragte dann nur, warum ICH in dieses neue Zimmer sollte und nicht das Mädchen. Die

Antwort war, weil ich ein Fahrrad dabei habe und sie nicht. Dies dämmerte mir leider alles erst zu spät.

Ich war nun in diesem Einzelzimmer, ca. 2 km vom Camp entfernt. Nur Wald um mich herum. Zur Kinderbetreuung sollte ich pünktlich erscheinen. Was ist, wenn es regnet? Soll ich dann auch mit dem Rad fahren? Und abends, wenn es dunkel ist, alleine durch den Wald? Erst jetzt merkte ich, dass dies alles ein Ding der Unmöglichkeit war. Als ich das der Leitung vorlegte, wurde ich nur dumm angeredet. Dies wollte ich mir nicht bieten lassen. Die eine Nacht verbrachte ich weinend im Bett und stand bereits um fünf Uhr auf. Geschlafen habe ich sowieso nicht. Ich habe mich so sehr auf die Arbeit mit den Kindern gefreut und nun war ich fest entschlossen abzubrechen. Unter diesen Umständen wollte und konnte ich nicht bleiben. Am nächsten Morgen holte mich, wie ausgemacht, ein guter Freund um acht Uhr von diesem neuen Quartier mit seinem Auto ab um mich zum Camp zu bringen. Ich stand bereits mit Koffer da und verkündete, dass ich heimfahren werde. Wilfried, mein guter Freund, ein pensionierter Prediger, war auch traurig über diese Lage und er setzte sich liebevoll für mich ein und beschaffte mir ein Zimmer in der Wohnung seines Sohnes. Das wollte ich erst nicht wahr haben. Ich war nun ganz in der Nähe vom Camp-Zelt, war mitten in der Anlage und konnte mit dem Fahrrad alles gut erreichen. Ich dankte Gott für diese wunderbare Führung und dass er Negatives in Positives verändern kann.

Die Kinderbetreuung machte mir an dem ersten Tag keine Freude, denn der Schatten der Anschuldigungen und des Unverständnisses seitens der Kinderbetreuungsleitung lag auf meinen Schultern. Leider habe ich für ihre Worte bis heute keine Entschuldigung bekommen. Ich weiß aber, dass Gott jedem hilft und jedem ins Herz schaut.

„Was auch geschieht, das eine wissen wir: Für die, die Gott lieben, muss alles zu ihrem Heil dienen. Es sind die Menschen, die er nach seinem freien Entschluss berufen hat." (Römer 8,28)

Gottes Backstube

Ich stehe in der Küche und backe ein Brot. Ich brauche Mehl, Wasser, Salz und Hefe. Mehr nicht. Um mein Brot noch schmackhafter zu backen, gebe ich ein paar Sonnenblumen- und Kürbiskerne und einen Teelöffel Honig dazu. Mit Hilfe eines Mixers knete ich alle Zutaten zu einem schönen Teig. Den lasse ich in der Wärme gehen, forme ihn und backe ihn im Backofen.

Wenn ich in eine Bäckerei gehe, habe ich die Qual der Wahl. Viele Sorten Brot liegen auf der Theke. Ich muss mich entscheiden, welches ich haben möchte.

Nun besuche ich die Backstube Gottes. Auch hier ist die Ladentheke mit den herrlichsten Brotsorten gefüllt.

Da gibt es das **Brot der Freiheit**. Wir sind frei und können uns entscheiden, wie wir unser Leben gestalten, welchen Partner wir wählen, welchen Beruf wir ergreifen, was wir trinken und essen wollen. Hier in Deutschland können wir dankbar sein, dass wir in Freiheit leben dürfen.

Ich schaue mich weiter um. Ich entdecke das **Brot der Liebe**. Gott schenkt uns seine Liebe, ausnahmslos, allen Menschen.

Neben dem Brot der Liebe, liegt das **Brot der Treue**. Gott hat versprochen, Treue zu uns zu halten. Treue bedeutet, ein Festhalten, ein Führen, ein „Ich-stehe-alles-mit-dir-durch".

Das **Brot der Geborgenheit** ist besonders für die Menschen gebacken, denen es nicht gut geht und die alleine sind. Bei Gott finden wir Schutz und Geborgenheit. Der Teig der Geborgenheit wärmt uns wie ein warmer Bademantel.

Zum Schluss meines Besuches in Gottes Backstube entdecke ich das **Brot des Lebens.** Die Zutaten sind Tränen, Schmerz und Leid. Aber auch Freude und Hoffnung. Es schmeckt bitter und auch süß. Wir können uns eine Scheibe der bitteren Seite abschneiden und Gott danken, dass er all die Schmerzen auf sich genommen hat, um uns zu retten. Schneiden wir eine Scheibe der süßen Seite ab, können wir jubeln, eines Tages in Gottes Angesicht sehen zu dürfen.

„Ich bin das Brot, das Leben schenkt" (Johannes 6,48)

♥♥♥

Brotrezept:

750 g Mehl (Roggen, Dinkel, Weizen), $\frac{1}{2}$ Würfel frische Hefe, 500 ml lauwarmes Wasser, 1 Teel. Salz, eventuell Sonnenblumen- und Kürbiskerne, etwas Honig

Hefe im Wasser auflösen. Alle Zutaten zu einem Teig verarbeiten. Diesen gehen lassen. Kastenform mit Backpapier auslegen und Teig hinein geben. Bei 180 Grad ca. 45 Minuten backen.

Ein Studienplatz für meinen Sohn

Im Sommer 2012 beendete mein Sohn seine Schulzeit. Er ist im Vergleich zu mach anderen Schülern ein: „Ich-gehe-gerne-in-die-Schule-Typ". Dennoch war er froh, die Prüfungen hinter sich zu haben und sein Abiturzeugnis mit einer guten Note in der Hand zu halten.
Ursprünglich hatte er vor, eine Lehrstelle zu beginnen. Aber er bekam immer nur Absagen. Ich fragte mich, warum dies so sei.
Schließlich bewarb er sich an drei Hochschulen für einen Studienplatz. Insgesamt für fünf verschiedene Studiengänge. Vier Zusagen bekam er dann auch schnell. Er wollte mit dem Einschreiben aber noch warten, denn der Bescheid des für ihn interessantesten Studienganges fehlte noch. Aber der letzte Bescheid ließ auf sich warten. So sagte ich, er solle dort mal anrufen und nachfragen. Was er auch tat. Es hieß, er bekomme keine Zusage, weil er vergessen habe, seine Abiturnote im Formular einzutragen. Das darf doch nicht wahr sein, dachte ich mir und sagte zu Yannic, er solle dort nochmal anrufen und dies klären. Der Anruf wurde erledigt und man sagte ihm, er solle sich am darauffolgenden Tag nochmals telefonisch melden. Nun ja, an diesem Tag waren wir im Tiergarten. Yannic nahm das Handy und verschwand in eine ruhige Ecke, weit weg von dem Geschrei der Affen und anderen Tiere. Er hatte ein

langes Gespräch, ließ sich nicht abwimmeln, denn diesen Studienplatz wollte er. Nach einigen Minuten, als das Gespräch beendet war, kam er zu mir und meinte, er werde gleich noch einmal zurückgerufen. Hier auf dem Handy, na toll! Hier im Tiergarten! Hoffentlich hören wir das Klingeln.

Es war ein schöner Tag. Die Sonne schien, und es war sehr warm. Wir sahen den Delphinen zu, wie sie ihre Luftsprünge machten, schlenderten durch die Anlage und sahen viele Tiere, die sich auch des warmen Wetters freuten. Wir gönnten uns auf einer Bank, die im Schatten etwas abgelegen stand, eine Pause. Hier war es ruhig. Und hier klingelte das Handy! Einen besseren Zeitpunkt konnte es nicht geben.

Yannic sprach mit der Sekretärin der Hochschule. Als er auflegte, strahlte er übers ganze Gesicht.

„Die Dame sagte, ich habe mehr Glück als Verstand. Ich bekomme den Studienplatz!"

Ich bin mir ganz sicher, dass Gott seine Finger hier im Spiel hatte. Ich dankte ihm für die Führung und bat ihn auch, meinen Sohn während des Studiums zu begleiten.

All das, was wir von anderen erwarten

Es ist Gottesdienst, die Gemeinde kniet zum Gebet. Da kommt ein junger Mann mit grünen, hochtoupierten Haaren, Piercings in Nase, Ohren und Mund, schwarze nietenbesetzte Lederjacke, Tattoos auf den Händen, zerrissene Hose, die mit schweren Ketten und Sicherheitsnadeln versehen ist und kaputten Leinenschuhen mit bunten Schnürsenkeln und geht ganz leise und andächtig zum Podium und kniet sich betend zu den Gemeindegliedern. Die Frau neben ihm, hübsch gekleidet in einem schicken Kleid und einem blumigen Parfüm, wird aus ihrem Gebet gerissen, schnuppert an ihrem neu dazu gekommenen Nebenmann und rümpft die Nase. Scheinbar duftet er nicht nach Lavendel oder einem anderen wohlriechenden Parfum. Sie stupst ihn leicht an: „Sie wissen schon, wo sie hier sind?" Sie hofft natürlich mit einem „Nein – keine Ahnung", doch der junge Mann hebt seine Augen, die er zum Gebet geschlossen hat und nickt nur. Die Frau sprach weiter auf ihn ein. „Ich möchte sie bitten zu gehen. Dieser Ort ist nichts für solche Gestalten wie sie." Traurig und mit hängendem Kopf steht der Punker auf und schleicht hinaus.
Nur eine Szene aus dem Musical „Felsenfest"? Wie ist es mit uns? Wie reagieren wir, wenn zum Gottesdienst jemand kommt, dessen Erscheinung uns nicht passt? „All das, was wir von anderen erwarten, all das tut für sie. Behandelt sie so, wie sie euch behandeln sollen",

dieses Lied (Text: Christop Zehender) kann uns und der hübsch gekleideten Frau die Augen öffnen. Wie wollen WIR behandelt werden? Sicherlich so, dass man freundlich zu uns ist. Auch wir sehen nicht immer aus, wie aus dem Ei gepellt. Auch wir haben Tage, wo keiner gerne unsere Gesellschaft sucht. Und dennoch tut es gut, wenn gerade dann sich jemand zu uns wendet.

Gott ist anders. Er steht uns IMMER bei. Ganz egal, ob unsere Haare grün oder blond sind, ob wir ein hübsches Kleid anhaben, oder eine zerrissene Jeans. Gott lädt uns ein zu sich zu kommen, er ist wie ein Vater zu uns.

„Ihr plagt euch mit den Geboten, die die Gesetzeslehrer euch auferlegt haben. Kommt alle zu mir; ich will euch die Last abnehmen!" (Matthäus 11,28)

Danken auch im Leid

„Man sieht die Sonne langsam untergehen und erschrickt doch, wenn es plötzlich dunkel ist." Diesen Spruch haben meine Schwester und ich bei unserem Vater entdeckt. Unser Papi liebte Sprüche, Zeitungsartikel und Bilder und klebte alles ordentlich in einen Ordner.
Ich habe gewusst, dass es eines Tages auf mich zukommt. Ich war vorbereitet, und dennoch schmerzt es sehr. Ein paar Tage vor Weihnachten lag mein Vater im Krankenhaus in Bad Aibling. Er hatte unter anderem einen Beckenbruch, der ihm zu schaffen machte. Schon seit dem Sommer merkte ich, dass seine Kräfte ihn verlassen und er ein alter Mann geworden war. Ich betete: Lieber Gott, lass es bitte zur richtigen Zeit geschehen. Dann wurde er noch am Arm operiert. Hier darf und will ich nicht fragen, was wäre, wenn auf diese Operation verzichtet worden wäre? Meine Schwester und ich haben ihn an diesem OP-Tag besucht. Er tat mir so leid. Es schmerzte mich, ihn so hilflos im Bett liegen zu sehen, angeschlossen an vielen Schläuchen und Apparaten. Ab diesem Zeitpunkt wurde mir klar: Mein Papi wird sterben. Zwei Tage später kam dann die Meldung vom Krankenhaus, dass es ihm rapide schlechter ging. Die Schläuche und die Apparate wurden unterdessen abgestellt. Es war immer sein Wunsch, nichts diesbezüglich zuzulassen. Ich konnte nicht anders, meine Tränen schossen mir

aus den Augen und ich hatte nur den einen Wunsch, dass ich ihm die Hand halten kann wenn er einschläft.
So beschloss ich, am nächsten Tag zu ihm zu fahren. Das war der Tag, an dem wir meine Mutter besuchen wollten, weil sie Geburtstag hatte. (Meine Eltern sind geschieden.) Aber ich kann doch nicht feiern gehen, wenn mein Vater im Sterben liegt! Mein Mann sah, wie schlecht es mir ging und er sagte, er würde mich mit dem Auto fahren (Ich wollte mit dem Zug reisen. Es sind ca. 240 km bis Bad Aibling). Darüber war ich sehr dankbar. Ich packte einen kleinen Koffer, denn ich nahm mir vor, ein paar Tage bei ihm zu bleiben. Ich wollte meinen Papi nicht alleine lassen.
„Das Menschenherz macht Pläne – ob sie ausgeführt werden, liegt beim Herrn." (Sprüche 16,9)
In dieser Nacht verstarb mein Vater. Er schlief friedlich ein. Seine Lebenskräfte waren aufgebraucht. So fuhren wir einen Tag vor Heilig Abend nach Bad Aibling. Ich hatte so sehr gehofft, dass er mit dem Einschlafen warten würde bis ich bei ihm bin. Ja, ich muss sagen: Gott ist gut. Ich bin dankbar, dass er meinem Papi größeres Leiden erspart hat. Ich bin dankbar, dass es im richtigen Moment zu Ende ging. Ich bin dankbar, dass das Wetter so gut war und wir problemlos mit dem Auto fahren konnten. Ich bin dankbar, dass die Kinder Ferien hatten, dass mein Mann und ich nicht arbeiten mussten, dass ich die Kraft bekommen habe das Zimmer meines Vaters im Seniorenheim zu räumen. Ich danke für die Freunde, die mein Vater hatte, und die ihn auf seinem letzten

Weg begleitet hatten. Ich danke, dass die sieben Jahre ältere Schwester meines Vaters, meine liebe Tante Resi, in den letzten Wochen jeden Tag im Krankenhaus war und vor allem danke ich, dass sie von Gott die Kraft zum Leben bekommen hat und mir somit mit eine Stütze sein kann. Ich danke, Gott dass er alle Tränen abwischen wird. „Und Gott der Herr wird die Tränen von allen Angesichtern abwischen." (Jesaja 25,8, Luther) Ich danke Gott, dass er verheißen hat, dass wir eines Tages mit ihm zusammen auf der neuen Erde sein werden. Und hier möchte ich meinen Lieblingstext zitieren der mir viel Kraft schenkt:

„Darum verliere ich nicht den Mut. Die Lebenskräfte, die ich von Natur aus habe, werden aufgerieben; aber das Leben, das Gott mir schenkt, erneuert sich jeden Tag. Die Leiden, die ich jetzt ertragen muss, wiegen nicht schwer und gehen vorüber. Sie werden mir eine Herrlichkeit bringen, die alle Vorstellungen übersteigt und kein Ende hat. Ich baue nicht auf das Sichtbare, sondern auf das, was jetzt noch niemand sehen kann. Denn was wir jetzt sehen, besteht nur eine gewisse Zeit. Das Unsichtbare aber bleibt ewig bestehen."
(2. Korinther 4, 16 – 18)

Mein Papi war der beste Vater, den man sich wünschen kann. Ich danke für die Zeit, die ich mit ihm verbringen durfte.

Aus welcher Quelle trinke ich?

Bei uns in der Nähe gibt es eine Gesundheitsquelle, frisches Wasser vom Berg. Dorthin kommen viele Menschen mit leeren Flaschen und füllen sich das Wasser ab. Sogar die Ärzte schicken ihre Patienten zu dieser Quelle. Dieses Wasser dient als Heilquelle für verschiedene Krankheiten. Auch wir trinken dieses Heilwasser. Es schmeckt erfrischend. Aber gibt es auch Kraft für den Alltag?

Jeder von uns tankt woanders auf. Es gibt verschiedene Kraftquellen. Manch einer braucht es, auf jeder Hochzeit zu tanzen, jeden Termin wahrzunehmen der sich bietet. Kraft schöpfen im Freizeitstress?

Ein anderer kann nicht „Nein" sagen. Immer für andere da zu sein, sich selbst hinten anzustellen, kann das der Lebenssinn sein? Man muss lernen, auch mal an sich selbst zu denken. Aber auch Ehrgeiz, sich zu profilieren, um Applaus zu bekommen, kann für manch einen eine Lebensquelle sein. Im Zeitalter der Technik sieht man immer wieder, dass die guten Noten der Kinder auf Facebook gepostet werden. Ansehen, immer im Mittelpunkt stehen, ist das eine Kraftquelle? Wie sieht es mit dem Erwartungsdruck im Beruf aus? Perfektionismus? Sechs Wochen Urlaub im Jahr, und die werden hergenommen um im Haus und Garten zu arbeiten. Wo bleibt da die Quelle zum Kraft schöpfen?

Jesus sagt: „Ich aber bin gekommen, um ihnen das Leben zu geben, Leben im Überfluss." (Johannes 10,10) Wir dürfen dankbar sein für Termine, die wir wahrnehmen können, für Nachbarn, die uns brauchen, für Auftritte auf der Bühne, gute Noten in der Schule und Vorankommen im Beruf.

Bei all den Tätigkeiten, die es jeden Tag zu meistern gilt, dürfen wir Gottes Angebot nicht vergessen: „Du selbst bist die Quelle, die uns Leben schenkt. Deine Liebe ist die Sonne, von der wir leben." (Psalm 36,10)

Ich persönlich schöpfe meine Kraft aus Begegnungen mit Menschen, die genau wie ich, die Liebe Gottes in ihren Herzen wirken lassen. Das kann ein Treffen mit einer Freundin sein, aber auch ein Kongress von vielen Gleichgesinnten.

Gott bietet uns an: „Kommt her zu mir, alle, die ihr mühselig und beladen seid; ich will euch erquicken." (Matthäus 11,28, Luther)

Steine als Symbol der Last

Vor ein paar Jahren war ich mit einigen Leuten aus meiner Gemeinde zu einem Klausurwochenende auf einer schönen Burg. Es war ein Wochenende, an dem viel geredet und gemeindeinterne Anliegen besprochen wurden. In den Pausen, bei Spaziergängen kam man auch über Persönliches ins Gespräch. Es tat mir gut. Denn zu dieser Zeit hatte ich mit einigen Sorgen zu kämpfen. Die Sorgen, die ich damals hatte, lösten sich auf. Aber Probleme und Ängste habe ich immer noch. Mein Leben ist kein heiterer Sonnenstrahl. Obwohl ich ein positiv-denkender Mensch bin, sehe ich die Schwierigkeiten, die ich jeden Tag zu bewältigen habe. Die Gewissheit, dass ich nur so viel Last aufgeladen bekomme, wie ich im Stande bin zu tragen, macht manches leichter. An diesem Wochenende hatten wir eine Andacht, an die ich mich gerne erinnere. Es stand ein Behälter mit Wasser in unserer Mitte und jeder von uns bekam einen Stein. Jeder Stein war anders. Einer war eckig und rau, ein anderer war rund und glatt. So wie jeder verschiedene Sorgen und Alltagsprobleme hat. Der Bibelvers: „Wirf deine Last ab, übergib sie dem Herrn; er selber wird sich um dich kümmern! Niemals lässt er die im Stich, die ihm die Treue halten." (Psalm 55, 23), Dieser Vers war die Kernaussage dieser Abendandacht. Jeder hielt seinen Stein, seine Sorgen, in der Hand. Wir beteten und sprachen mit Gott darüber. Dann wurden wir aufgefordert, unseren sorgenbeladenen Stein an Gott abzugeben, indem wir ihn im Wasser versenkten. Es war eine angespannte Atmosphäre. So nach und nach standen alle Beteiligten auf und brachten ihren Stein zum Wasserbehälter und ließen ihn ins Wasser fallen. Sorgen an Gott abgeben, ja, das war ein Moment der Befreiung. Er wird sich darum kümmern.

Seitdem habe ich zu Steinen eine besondere Beziehung. Aus Urlauben und Ausflügen nehme ich Steine mit nach Hause. Jeder ist besonders, jeder ist anders. So wie mein Leben. Jeder Tag hat seine Besonderheit. Mal läuft alles „glatt", mal ist alles „eckig".

Danke, lieber Gott, dass du da bist und mir hilfst meine Lasten zu (er-)tragen.

Danken

Vor einiger Zeit gab es im Sozialen Netzwerk Facebook den Aufruf: „Schreibe uns, worüber du DANKE sagen kannst." Das gefiel mir und ich fing zu tippen an. Ich brachte einige Zeilen aufs Papier, bzw. auf den Bildschirm. Ich habe mir mein Schreiben ausgedruckt und nun lese ich es wieder. Ich merke, dass mein Danken sich verändert hat. Damals schrieb ich, dass ich danke, dass ich meinen Papi noch habe. Mittlerweile ist er verstorben, und ich danke für die Zeit, die ich mit ihm verbringen durfte. Aber ich danke, dass es meiner Tante noch gut geht, dass ich sie besuchen kann, dass sie Freude am Leben hat. Auch für meine beiden Kinder danke ich, für meinen Mann, überhaupt dass ich eine Familie habe. Ich danke, dass mein Sohn einen Studienplatz bekommen hat, der ihm gefällt. Und ich danke, dass er bei uns im Elternhaus wohnen kann, weil sein Studienplatz leicht mit dem Auto zu erreichen ist. Danke, dass meine Tochter die Möglichkeit hat, ab nächstem Schuljahr auf die FOS (Fachoberschule) zu gehen. Danke, dass mein Mann eine Arbeit hat, die ihm gefällt. Ich danke, für meine Mutti. Ich danke für meine Schwester und meinem Neffen. Ich danke für die Freunde, die mein Leben bereichern. Auch wenn die meisten weit weg wohnen, so danke ich für die Möglichkeit, dass wir uns schreiben können. Soziale Netzwerke und E-Mails machen jede Entfernung kürzer. Ich danke für den

Sonnenschein und auch für den Regen, denn die Erde braucht Wärme und Nässe. Ich danke, dass ich soweit gesund bin, dass ich meine Arbeit machen kann und vor allem danke ich, dass ich gerne arbeite. Ich danke Gott für die Gabe des Schreibens, für die Gabe, kreativ zu sein und dass ich dies in meiner Gemeinde auch in der Schaukastenarbeit einsetzen kann. Ich danke, dass ich immer wieder Ideen für Kindermomente (Geschichten für Kinder vor der Predigt) habe und diese auch nutzen darf. Ich danke, dass ich Leiterin einer Kindergruppe in meiner Gemeinde sein darf, und dass alle mit meiner Arbeit zufrieden sind.

„Dankt Gott in jeder Lebenslage! Das will Gott von euch als Menschen, die mit Jesus Christus verbunden sind." (1. Thessalonicher 5,18)

Ich würde mich freuen, wenn du mir schreibst worüber du „DANKE" sagen kannst.

➔sandralittle@gmx.de (Betreff: Danke, Freude am Leben)

Blutspende

In den letzten Jahren versuchte ich schon einige Male, Blut zu spenden. Leider wurde ich immer wieder unverrichteter Dinge nach Hause geschickt. Da ich an einer chronischen Krankheit leide und auch immer Tabletten schlucken muss, könnte es sein, dass es mir auf Grund der Blutabnahme schlecht gehen könnte. Mir geht es aber seit Jahren gut, hatte schon lange Zeit keinen Schub mehr und fühle mich pudelwohl. Trotzdem wurde ich nicht zugelassen. Deshalb entschloss ich mich beim Blutspendetag, der in meiner Gemeinde angeboten wurde, als Helfer dabei zu sein. Blut zu spenden ist sehr wichtig. Um den Bedarf der Krankenhäuser und Kliniken zu decken, werden allein in Bayern pro Tag 1200 Blutkonserven benötigt. Da meine Gemeinde diese Blutspende in Zusammenarbeit mit dem Bayerischen Roten Kreuz zum ersten Mal veranstaltete, wollten wir dem Spender eine angenehme Atmosphäre bieten. In der Küche wurde gewerkelt: Kartoffelsalate, Eier, Brezeln und Baguette, bunter und grüner Salat, Joghurt und Donuts wurden eingekauft, zubereitet und auf schönen fränkischen Servietten bereitgestellt. Die Gespräche mit den BRK-Helfern waren sehr aufschlussreich und interessant. Dann kam der erste Blutspender. Im Gemeindesaal war es gemütlich warm, und eine beruhigende Musik lief im Hintergrund. Alle Helfer waren sehr freundlich. Ich freute mich, dass ich die

Spender, nachdem ihnen ein halber Liter Blut abgezapft worden war, mit unseren leckeren Speisen versorgen durfte. Es bereitete mir große Freude dabei zu sein. Doch dann wendete sich das Blatt und ich erzählte dem Arzt, dass ich als Spender immer abgewiesen wurde und er hörte sich meine Geschichte an. Der Arzt meinte, er habe keine Bedenken, mir Blut abzunehmen. Meine Freude war riesengroß: Ich durfte Spender sein! So dauerte es nur noch eine kurze Weile und ich lag auf der Liege, die dicke Nadel im Arm (tat kaum weh!), und das Blut floss. Dann kamen mir die Tränen. Aber nicht, weil es mir schlecht ging, sondern ich musste an meinen Vater denken, der vor einem halben Jahr verstorben war. Er hatte auch immer wieder Bluttransfusionen bekommen und das machte mir wieder deutlich, wie wichtig Blutspenden sind. In diesem Moment war ich wirklich glücklich und ich hoffe, dass ich in Zukunft zu den regelmäßigen Spendern gehören darf.

Meine Tante

Ich liebe meine Tante. Wir haben viel gemeinsam und wir sind uns sehr ähnlich. Sie ist genau 40 Jahre und 13 Tage älter als ich. Wir haben im gleichen Monat Geburtstag. Sie hat eine sehr innige Beziehung zu unserem lebendigen Gott, und von ihr kann ich viel lernen. Wenn sie zu erzählen beginnt, dann leuchten ihre Augen. Sie erzählt gerne von ihren Erfahrungen und Gebetserhöhungen. So sagte sie letzte Woche zu mir: „Das habe ich gemacht! Ich habe mit Gott ganz energisch gesprochen." Ja, meine Tante flehte zu Gott, er solle doch endlich eingreifen. Meine Schwester hatte seit sehr langer Zeit Probleme mit den Mietern, die über ihr wohnten. Sie wurde nervlich richtig fertig gemacht. Meine Tante konnte es nicht mehr mit ansehen, bzw. anhören, darum rief sie: „Gott greif ein!" Und Gott half. Einen Tag nach diesem Gebet kam eine Lösung für ihr Problem. Nun konnte meine Schwester wieder aufatmen.
So gibt es viele Situationen, von denen meine Tante gerne berichtet. Zum Beispiel wie sie ihren bereits verstorbenen Mann kennenlernte, wie sie als kleines Kind Krankheiten überstanden hat, wie sie von ihrer geliebten Heimat vertrieben wurde und wie sie aus einem fahrenden Zug gesprungen ist, vermutlich fuhren damals die Züge langsamer als heute. Gott war immer an ihrer Seite. Gottes Engel standen und stehen ihr immer bei.

Seit vier Jahren wohnt sie nun in einem sehr schönen Seniorenheim. Mit ihren 88 Jahren ist sie noch recht aktiv, nimmt am Leben und den Aktivitäten im Heim teil und ist für ihre Mitmenschen eine große Bereicherung.

Als sie noch in Kulmbach mit ihrem Mann lebte, war ich als kleines Kind öfters in den Ferien bei ihr. Wenn ich heute ein Brot mit Kräuterfrischkäse und einer Scheibe Gurke esse, denke ich an sie. Denn dies bereitete sie mir immer sehr schmackhaft zu.

Der liebe Gott hat meine Tante mit sehr viel Kraft ausgestattet. Sie hat schon so viel miterlebt. Ich sage immer zu ihr: „Tante Resi, der liebe Gott gibt dir nur so viel Last, wie du im Stande zu tragen bist".

Ich wünsche, dass unser himmlischer Vater meiner lieben Tante noch einige Jahre hier auf der Erde schenkt und dann eine friedvolle Zeit im neuen Jerusalem.

Gänseblümchen

Bist du schon einmal gefragt worden, ob du Gänseblümchen magst? Wenn du bei der Antwort zögerst und nicht so recht weißt, wie du antworten sollst, dann bist du kein Liebhaber dieser kleinen Pflanze. Gänseblümchen-Liebhaber sind ganz besondere Personen. Es sind Menschen, die das kleine unscheinbare lieben, die mit offenen Augen durchs Leben gehen, immer nach der Suche des kleinen Glücks. Ein Gänseblümchen ist eine zarte, aber auch robuste Pflanze. Gänseblümchen sind unaufdringlich und zärtlich. Sie passen in keine aufwendige Cellophan-Verpackung des Blumengeschäftes, sondern viel besser in eine kleine Kinderhand. Die Pflanze hat kräftige Wurzeln, die sich durch das Gras beißen. Und wenn man sie wachsen lässt, verbreitet sie sich über eine große Fläche. Ihre Farbe ist lieblich: Weiß und zart rosa, in der Mitte ein gelber Kern. Welche Pflanze ist deine Lieblingsblume? Eine Rose? Eine Nelke oder der Flieder? Ich liebe Gänseblümchen! Es ist die schönste Pflanze, die Gott geschaffen hat. In unserem Garten dürfen sie sich ausbreiten und ich staune jedes Jahr aufs Neue wie die Fläche größer wird. Zwischendrin wachsen Margeriten. Auch sehr schön. Wenn ich meinen Nachbarn beobachte, wie er jedes kleine Pflänzchen aus seinem Rasen sticht, blutet mein Herz. Betrachte dieses kleine Blümchen, dann entdeckst du wie sorgfältig es gemacht ist.

Selbstverständlich sind alle Blumen und Pflanzen sehr schön. Es liegt in unseren Genen, dass jeder von uns aus dieser großen Vielzahl eine Pflanze als seine Lieblingsblume kürt. Das kleine Gänseblümchen ist für mich die Königin. Vielleicht deshalb, weil es von den meisten Menschen nicht beachtet und als Unkraut benannt wird.

© Selina Widulle

Die Brücke

Ein Mann arbeitet bei der Bahn. Er ist dafür zuständig, die Weichen richtig zu stellen und die Brücke über dem großen Fluss zu schließen, wenn ein Zug darüber fahren will. Sein kleiner Sohn liebt es, die Züge zu beobachten. Oft begleitet er seinen Vater zur Arbeit.

Mittlerweile kennt der kleine Junge den Fahrplan auswendig. Er weiß genau, wann ein Zug kommt und wann der Vater die Brücke schließen muss, damit der Zug ungehindert darüber fahren kann.

Doch eines Tages war es anders: Der Zug kommt aus unerklärlichen Gründen zu früh. In den jeweiligen Zugabteilen sitzen junge und alte Menschen, einsame und verliebte, sorglose Menschen und Menschen mit Sorgen. Keiner ahnt, was gleich passieren wird.

Der Junge, der den heranfahrenden Zug bemerkt und genau weiß, dass dieser Zug eigentlich später kommen müsste, schreit zu seinem Vater: „Vater, der Zug kommt!". Im selben Augenblick rutscht der Junge in einen Schacht, in dem sich die Zahnräder der Brücke befinden. Der Vater erschrickt! Sein Herz bleibt fast stehen, als er sieht, wie sein Sohn im Schacht verschwindet. Er liebt seinen Sohn über alles.

Wie wird er reagieren?

Wird er den Hebel betätigen, um die Brücke zu schließen, damit der Zug darüber fahren kann? Oder lässt er den Hebel unangetastet, um damit seinen

Sohn zu retten? Er ist sich bewusst, dass sein Sohn von den Zahnrädern zerquetscht wird, wenn er den Hebel betätigt. Und er weiß, dass alle Menschen im Zug sterben werden, wenn er seinen Sohn retten will.
Wie würdest DU reagieren?
Der Vater schaut zu dem Schacht, wo sein Sohn hineingerutscht war. Dann schaut er zum immer näher kommenden Zug. Was soll er tun? Er steht vor einer schrecklichen Entscheidung. Da greift er zum Hebel und drückt ihn nach unten! Die Menschen im Zug sind gerettet, der Zug kann die Brücke passieren.
Die Tränen der Verzweiflung strömen aus seinen Augen. Er hat seinen geliebten Sohn geopfert, damit alle Zugpassagiere weiterleben können.
„Gott hat die Menschen so sehr geliebt, dass er seinen einzigen Sohn hergab. Nun werden alle, die sich auf den Sohn Gottes verlassen, nicht zugrunde gehen, sondern ewig leben" (Johannes 3,16)
Ist dies nur eine fiktive Geschichte?
Ich habe diesen Kurzfilm auf der Internetplattform YouTube schon etliche Male angeschaut. Ich muss es immer und immer wieder sehen, damit mir bewusst wird, was Gott für uns und für mich getan hat.
Ich bin dankbar, dass ich noch nie in so einer Situation gewesen war und hoffe, dass ich auch nie in so eine Situation kommen werde, bei der ich mich für oder gegen mein Kind entscheiden müsste. Ich danke Gott, dass er mir durch seinen Sohn, das ewige Leben schenkt.
Hier kannst du die Geschichte anschauen:
http://www.youtube.com/watch?v=9SCV1LWTjuY

Harmonische Klänge

Ich habe ein Windspiel gekauft. Es sind drei runde Metallglocken an einem Bambusstamm befestigt. Auf der Packung stand: Durch Windbewegung entstehen harmonische Klänge. So habe ich dieses neu erstandene Ding an unseren Zierkirschbaum in die Nähe der Terrasse gehängt. Es sah sehr hübsch und friedlich aus. Wehte ein wenig Wind, bewegten sich die Glocken und verbreiteten, wie auf der Packung stand, einen harmonischen Klang. Nur jeder empfindet es anders. Was für mich harmonisch und beruhigend ist, muss für den Rest meiner Familie noch lange nicht so sein. Deshalb nahm ich mein Windspiel von den mit Blüten besetzen Zweigen, trug es in mein Zimmer und hängte es dort auf, denn das klimpern der Metallglocken regte meinen Mann auf.
Es gibt verschiedene Arten von beruhigenden und schönen Klängen. Wir haben einen Nachbarn, bei dem dröhnt sehr oft ein donnernder Bass-Sound zu uns herüber. Es ist nervig. Ein dröhnender Ton erfüllt unsere Terrasse bis ins Wohnzimmer hinein. Wir fühlen uns in unserer Ruhe gestört. Für unseren Nachbarn ist dieser Krach sicherlich harmonisch. Dann besuchte ich eine andere Nachbarin, die ein paar Häuser weiter weg wohnt. Sie arbeitete gerade bei ihrem Gemüsebeet als ich kam. Wir unterhielten uns als ich plötzlich eine harmonische Melodie vernahm. Friedliche Klänge sind Balsam für die Seele. Die

angrenzenden Nachbarn sangen und spielten dazu auf der Gitarre: „Lobe den Herrn meine Seele". Wie sehr wünschte ich in diesem Moment, den Krach des Nachbarn gegen den Gitarren-Gesang einzutauschen.
Ob meine Gemüsebeet-Nachbarin sich ihres Glückes bewusst ist, so einen schönen Ohrenschmaus in ihrer Nähe zu haben?
Jeder empfindet es anders. Der eine mag ruhige Klänge, der andere kommt nur zur Ruhe und Entspannung wenn der Bass möglichst laut ist.
„Stimmt ein Loblied an für den Herrn, singt unserem Gott zum Klang der Harfe!" (Psalm 147,7)

Mach dir keine Sorgen

Vor kurzem hörte ich eine Predigt mit dem Thema: „Mach dir keine Sorgen." Der Prediger erzählte, dass er geheiratet habe und sich zuvor viele Gedanken machte: Wird das Wetter passen, kommt die Braut rechtzeitig, sind die Ringe da, wird alles nach Plan laufen…? Sorgen über Sorgen! Dann kam die Braut tatsächlich nicht pünktlich. Noch mehr Sorgen! Als sie endlich da war, fehlte der Trauzeuge. Wieder Sorgen! Man macht sich im Leben über vieles Gedanken. Die meisten sind unnütz und lösen sich von selber auf. Der Prediger sagte einen Satz, den ich mir gemerkt habe: „Sage deinem Gott nicht, dass du große Sorgen hast, sondern sage deiner Sorge, dass du einen großen Gott hast." Und diesen Satz konnte ich in unserem Urlaub ausprobieren:

Mein Mann, meine Tochter und ich flogen nach Portugal. Diesmal hatten wir keine Ferienwohnung, kein Hotel, sondern wohnten bei Maria, einer gemeinsamen Freundin von meinem Vater und mir. Wir hatten ein Leihauto, um vom Flughafen zum Urlaubsort zu gelangen. Wir machten mit Maria aus, sobald wir in Lagos angekommen sind, rufen wir sie an und sie holt uns ab. Ihr Haus in Lagos zu finden, sei schwer für uns meinte sie.

Wir wussten, dass sie an diesem Tag mit dem Auto in Faro unterwegs war. Aber sie habe ihr Handy dabei und sei erreichbar. Gegen 17 Uhr waren wir in Lagos.

In einem Restaurant bestellten wir uns etwas zu essen. Gleichzeitig rief ich bei Maria an und wollte ihr den Namen des Restaurants mitteilen, damit sie kommen könne. Aber sie ging nicht ans Telefon. Ich versuchte es immer und immer wieder. Am Festnetz und auch am Handy. Dann schrieb ich eine SMS. Aber von Maria kam keine Reaktion. Mir wurde es mulmig. Was ist, wenn Maria (sie ist immerhin schon 78 Jahre) einen Unfall hatte und im Krankenhaus liegt? Was wird dann aus unserem Urlaub? Wo sollen wir übernachten? Ein Hotel suchen?

Mittlerweile war es 19 Uhr. Da kam mir der Satz von der Predigt in den Sinn: „Macht euch keine Sorgen. Sage deinem Gott nicht, dass du große Sorgen hast, sondern sage deiner Sorge, dass du einen großen Gott hast." Ich ging auf die Toilette und schüttete meine Sorgen vor meinem großen Gott aus. Als ich zurück zu meinem Mann und meiner Tochter kam, dauerte es nicht lange und mein Handy klingelte. Es war Maria! Sie hatte Schwierigkeiten mit ihrem neuen Handy, das sie von ihrem Sohn bekommen hatte. Sie kannte sich damit nicht aus, und deshalb konnte sie meine Anrufe nicht entgegennehmen. Und sie selbst konnte auch nicht anrufen. Bis alles geklärt war und sie sich mit dem Handy zurechtfand, verging eben eine lange Zeit. Ich war so dankbar! Und wir durften einen herrlichen Urlaub in meinem Lieblingsland Portugal verbringen.

Mein 49. Geburtstag

Es war ein herrlicher Tag. Die Sonne schien und es war warm. Ich habe im Oktober meinen Ehrentag. Da ist es nicht selbstverständlich, dass man sich über das Wetter freuen kann.

Aber Gott meinte es gut mit mir, und er schenkte mir viele warme Sonnenstrahlen.

Den Tag verbrachte ich in einem wunderbaren Sauna-Dorf. Zitronen-, Smaragd-, Kräuter-, Kloster-, Himalayasalz- und Stollensauna, in jeder durfte ich schwitzen. Dann die verschiedenen Ruheräume, gedämpftes Licht, gute Düfte. Sogar auf Salz konnte man laufen. Im Sauna-Garten gab es verschiedene Möglichkeiten sich abzukühlen. Ob im Wasserfall oder im Tauchbecken, im Kneippfluss oder in der Eis-Nebel-Grotte.

Die unterschiedlichsten Aufgüsse durfte ich miterleben. So gab es in der einen Sauna Eiswürfel zur Abkühlung. In der anderen bekam jeder Saunafreund eine Eisbrille, auch die verschaffte eine Kühle am Körper. Und das Beste für mich war die Einreibung mit Salz.

Ich habe es genossen zu schwitzen und mich dann nur mit einem Handtuch bekleidet im Liegestuhl meinem Buch zu widmen. Die Sonne schien mir ins Gesicht und ich fühlte mich wie im Sommer.

Meine Haut fühlte sich am Abend entspannt und weich an.

Ich danke dem lieben Gott, dass er an diesem Tag die Sonne scheinen lies, dass es mir gut ging und ich diese Stunden genießen durfte.

Einen Tag später habe ich die Nachbarn zum Abendessen eingeladen. Es war schon alles fertig und so legte ich mich noch ein wenig auf das Sofa. Ich war müde. Ich schaute so im Liegen auf meine Geburtstagskarten, die ich am Schrank aufgehängt hatte. Mir kam der Gedanke: Jetzt fängt der Rest meines Lebens an. Nächstes Jahr werde ich 50. Ich fühle mich noch lange nicht so alt. Als ich ein kleines Kind war, war ein Mensch, der 50 Jahre alt war, uralt. Und jetzt bin ich es fast selber. Wie lange werde ich noch leben? 30 Jahre, 40 Jahre oder nur noch 20? Ich war erschrocken, dass ich solche Gedanken hatte. Ich lebe gerne. Ich möchte noch so viel unternehmen.

Der Tag der Geburt ist ein Fest.

Danke, lieber Gott, dass es mich gibt, dass ich leben darf, dass ich Freunde und eine Familie habe.

Bitte begleite mich auch den Rest meines Lebens.

Glück im Päckchen

Was gibt es Schöneres, als die alljährlichen Geschenke zu Weihnachten? Wie viel schöner muss es sein, das erste Weihnachtsgeschenk in seinem Leben zu bekommen! In den Ostblockländern gibt es eine Menge Großfamilien, Kinderheime, Krankenhäuser, Rehabilitationszentren für misshandelte Kinder, Notunterkünfte für Wohnungslose und vieles mehr. Dank der Hilfsorganisation ADRA dürfen diese Menschen ihre erste schöne Bescherung erleben. Diese Organisation unterstützt seit vielen Jahren mit der Aktion „Kinder helfen Kindern" bedürftige Kinder und erfreut sie mit einem Päckchen voller Geschenke. In Deutschland gibt es viele Aktionsgruppen, die Mitte September mit dem Packen der Päckchen beginnen. Seit zwei Jahren darf ich aktiv als Helferin dabei sein. Ich habe die Erfahrung gemacht, dass es eine große Freude ist, die Aktion in Schulen, Kindergärten und in der Nachbarschaft bekannt zu machen. Die Freude ist noch größer, wenn positive Resonanz entspringt und gefüllte Päckchen bei mir abgegeben werden. Die Richtlinien für das Packen eines Päckchens sind leicht einzuhalten. So legen wir Wert darauf, dass in jedem Päckchen ein Kuscheltier, etwas zum Naschen, Schreib- und Malartikel, Spielwaren, mindestens eine Zahnbürste, eine Mütze, ein Schal und Handschuhe sind. Das wichtigste beim Packen eines Päckchens ist, dass man das Leuchten der Kinderaugen beim Überreichen der Päckchen vor sich hat um ein wenig Freude in die Herzen der Kinder zu bringen. Mit den Päckchen wird nicht nur den Kindern eine Freude gemacht, sondern auch der ganzen Familie, dem ganzen Dorf, der kompletten Einrichtung und den Ehrenamtlichen die es verteilen, denn sie werden alle von der Begeisterung angesteckt. Ich habe mich über die Vielzahl der gepackten Päckchen und Spenden im Jahr 2015 gefreut. Ich bin mir sicher, die Kinder werden ihr Herz springen lassen und ein Dankeschön an alle senden, die ihnen dieses Glück im Päckchen ermöglicht haben. Wer mehr über diese Aktion erfahren möchte, darf gerne die Seite www.kinder-helfen-kindern.org besuchen. Vielleicht bist auch Du im nächsten Jahr dabei und packst ein Päckchen für ein Kind, das noch nie zuvor ein Weihnachtsgeschenk in den Händen halten konnte.

Nur die Schönen kommen in den Garten?

„Jetzt ist Pflanzzeit!" steht auf dem großen, breiten Banner, das quer über der Eingangstür des Baumarktes hängt. Ich bin begeistert, ich mag den Frühling. Der Winter ist vorbei. Ich gehe in die Gartenabteilung und sehe mir die Pflanzen an. Einige Kunden beobachte ich, wie sie mit Argusaugen das Gewächs vor sich betrachten. Sie heben die Schale oder den Topf an, drehen und wenden die Pflanze, beschnüffeln und betasten sie. Jede Pflanze ist dem prüfenden Blick ausgesetzt, bis sie die Prüfung bestanden hat und in den Einkaufswagen wandern darf. Ich versuche es nicht so kritisch zu sehen. Schließlich gehöre ich zu der Gattung Lebewesen, deren Wurzeln mit wenig Erde bedeckt sind und dessen Blattwerk etwas verwelkt ist. Meine Haut ist nicht mehr glatt wie die eines Babys und ich gerate leicht aus der Fassung. Mir ist bewusst, dass das Leben nicht nur Sonnenseiten hat. Vor einem Jahr, mitten in der schönsten Pflanzenzeit des Jahres, habe ich es selber erlebt: Nierenkoliken während des Auslandurlaubes. Doch das war kein Grund, den Kopf hängen zu lassen. Die Zeit im italienischen Krankenhaus war zwar keine angenehme Erfahrung, aber schön war, dass ich zeitweise eine Übersetzerin zur Seite hatte und dass mein Mann und meine Tochter (denen ich die zwei letzten Urlaubstage sicherlich vermiest habe) in der Ferienwohnung alles regeln konnten. Ich war einfach nicht „winterhart". Was mir am meisten half, war das Gefühl, nicht alleine zu sein. Gott war bei mir! Im fremden Land, im Krankenhaus, mit seiner Hektik, mit der Sprache die ich nicht verstand. Gott war da. Und immer wenn mein Handy klingelte, wusste ich, mein Mann sorgt sich um mich. Muss man immer gesund, fit und schön sein? Vor einigen Jahren bekam ich zum Hochzeitstag von meinem Mann eine große Pflanze geschenkt. Sie war wunderschön, hatte kleine gelbe Blüten, aber ihr Wuchs war unförmig. Bestimmt nicht die schönste ihrer Art. Warum hat mein Mann ausgerechnet diese Pflanze gewählt? Hätte er nicht die schönste für diesen Tag aussuchen können? Nein, er hat sich bewusst für diese, nicht unbedingt schön gewachsene Pflanze entschieden. Wir sollten, wenn wir Pflanzen kaufen, nach den nicht allzu perfekten Blumen schauen, nach denen mit abgeknickten Köpfen und toten Ästen, die so keiner haben will. Sie sind es, die in unserem Garten fische Erde und Wasser bekommen, ein neues Leben in der Gewissheit, dass da jemand ist, der sie trägt und aushält.

Deshalb lautet das Motto: „Nicht nur die Schönen kommen in den Garten, die Verletzten und Kranken können es auch erreichen, wenn wir ihnen Liebe entgegenbringen."

Mein Glück

Ich werde verfolgt. Es ist seltsam, aber ich werde von einem Bibelvers verfolgt. In meiner Gemeinde bin ich zuständig für die Kindergeschichten vor der Predigt. Wir nennen diese Zeit Kindermoment. Ich habe dafür eine Geschichte über das Glück geschrieben. Am Schluss mit dem Aufruf, dass die Kinder aufschreiben oder malen sollen, was für sie Glück bedeutet. Ich habe selber darüber nachgedacht, was mein Glück ist. Ich mag das Wort Glück. Ich achte auf das kleine Glück im Alltag. Glück ist kein Lottogewinn, Glück ist auch kein neues Auto. Glück ist viel mehr und hat nichts mit Zufall zu tun. Ich habe eine Familie und darf zufrieden sein. Ich könnte ein ganzes Buch schreiben, was ich als Glück empfinde. Glück ist auch, dass Gott mir die Augen öffnet, für alles was er mir jeden Tag schenkt. So habe ich in der Zeit, als ich diese Kindergeschichte schrieb, in Facebook ein schönes Bild mit Text gesehen: „Ich aber setze mein Vertrauen auf dich, meinen Herrn; dir nahe zu sein ist mein ganzes Glück." (Psalm 73,28). Das ist es! Ich werde dieses Bild ausdrucken und den Kindern nach der Darstellung des Kindermomentes mitgeben.
Mein Sohn war Silvester mit einer christlichen Jugendgruppe in Berlin und er brachte einen kleinen Kalender mit nach Hause. Darauf stand der Text: „Gott nahe zu sein, ist mein Glück". Ich musste noch mal hinschauen. Ja, da stand der Glücks-Text. Dann

habe ich in meinem Schrank ganz zufällig ein Lesezeichen mit diesem Text entdeckt. Ich habe mir überlegt, ob mir Gott etwas sagen will? Ist er mein Glück? Aber damit nicht genug. Ich wohne in einem kleinen Städtchen. Und ich lief, in der ersten Januarwoche, am Diakoniehaus vorbei und schaute mir den dazugehörigen Schaukasten an. Auch da stand dieser Text. Dann lief ich weiter, vorbei an einem Schreibwarenladen. Ich staunte, als ich eine Tasse, eine Karte, ein Buch, einen Stempel und ein Poster mit diesem schönen Text im Schaufenster sah. Ich bin mir sicher, dass das alles kein Zufall ist, sondern Gott lässt mich aufmerksam sein, er will mir zeigen, dass er mein Glück ist. Und um alles abzurunden brachte mir mein Sohn von einem Jugendgottesdienst ein kleines Kärtchen mit. Auch darauf war dieser Text zu lesen.
Ich bin fasziniert! Noch nie zuvor hat mich ein Bibelvers so stark angesprochen.
Gott nahe zu sein, ist mein Glück!

Er hat es geschafft

Jeder weiß, dass unsere Zeit hier auf der Erde nur begrenzt ist. Jeder muss einmal gehen. Trotzdem ist das Leben schön. Das Leben kann aber auch ein Kampf sein. Es zeigt sich nicht immer von der Schokoladenseite. Es gibt angenehme und schwierige Tage. Aber Gott begleitet uns durch Höhen und Tiefen.

Ich habe eine Vision: Die Idee habe ich durch das Lesen des Buches „Der Traum" von James Bryan Smith bekommen. Der Autor schildert, wie es sein kann, wenn wir hier auf dieser Welt unser Leben verlassen. Was erwartet uns? Ich fand es sehr faszinierend, es kann einem die Angst vor dem Tod nehmen. Ob es so sein wird, wie wir es uns vorstellen, weiß niemand. In der Bibel lesen wir, dass Gott für uns eine neue Heimat bereithält, mit Straßen aus Gold. Ich brauche keine glänzenden Straßen, aber ich glaube, dass Gott mir einen Raum des Staunens auf der neuen Erde einrichten wird. Jeder von uns bekommt seinen Raum des Staunens. In diesem Raum hängen Bilder an der Wand. Bilder von glücklichen und schönen Momenten des Lebens. Einer hat viele Bilder, ein anderer weniger. Aber bei jedem hängen Bilder, die zeigen, wie wertvoll das Leben ist. Ich freue mich auf meine Bilder in meinem Raum des Staunens, ich freue mich auf die neue Erde. Wir alle träumen sicherlich davon, wie es dann auf der neuen Erde sein wird. Wie es dann wirklich sein wird, erfahren wir erst wenn Jesus wiederkommt und uns zu sich holt.

Vor 1 ¼ Jahren starb mein Papi und die Worte meiner Freundin Hilla waren: „Er hat es geschafft. Wir kämpfen weiter."

Ja, er hat es geschafft und darf sich auf seinen Raum des Staunens freuen. Ich bin mir ganz sicher, dass es viele Bilder gibt, die dort an den Wänden hängen, denn er hatte viele schöne Zeiten in seinem Leben. Trotzdem war sein Leben auch ein Kampf. Er hatte es nicht immer leicht.

Als ich ihn in seinem Sarg liegen sah, sah er friedlich aus. Zu dem Herrn vom Bestattungsinstitut sagte ich: „Er lächelt ja!" Ja, er lag lächelnd in seinem letzten Bett. Diesen letzten Anblick trage ich in meinem Herzen, bis wir uns eines Tages auf der neuen Erde wieder begegnen werden.

Facebook – und wahre Freunde

Vor einigen Jahren schrieb mich ein Bekannter aus der Kinderzeit an, ob ich mich im Sozialen Netzwerk „Wer-kennt-Wen" anmelden möchte. Ich schaute mir diese Internet-Seite an und fand Gefallen daran. Aber nach einigen Wochen entdeckte ich Facebook und dieses Forum faszinierte mich. Die vermeintlichen Freunde, die ich dort habe, steigern keinesfalls mein Selbstbewusstsein. Nur ein Bruchteil meiner akzeptierten Freunde sind auch wirklich Freunde. Der Rest sind Menschen, die ich kenne. Für mich ist Facebook ein Kommunikationsmittel, mit dem ich Gedanken, Fragen und Bilder mit Menschen austausche. Durch dieses Forum habe ich schon alte Bekannte wieder gefunden und es ist herrlich, mit ihnen über die verstrichene Zeit zu kommunizieren.

Dass ich durch dieses ansprechende Kommunikationsmedium mit Bekannten und Freunden rund um den Globus "reden" kann, ist eine großartige Sache.

Die Anzahl meiner wahren Freunde hält sich im überschaubaren Rahmen. Alle wohnen weiter weg, zu keinen meiner Freunde kann ich schnell mal gehen, um eine Neuigkeit mitzuteilen. Da ist der Tastendruck von Vorteil. Erlebnisse, die ich teilen möchte, sind auf diese Weise rasch an der richtigen Stelle.

Freundschaft ist eine Sache des Herzens, und keine Zahl die meine Freundesliste widerspiegelt.

Ein Treffen oder ein Besuch bei Freunden ist ein

Hochgenuss und einem Fest gleich. Unsere Gespräche nehmen kein Ende und sind erfüllt von gegenseitiger Anteilnahme. Ich brauche diese gelegentlichen wahren Freunde von Angesicht zu Angesicht. Es tut gut, Freunde zu haben, doch es ist großartiger, ein Freund zu SEIN.

Jesus ist auch mein Freund. Er ist nicht bei Facebook. Trotzdem kann ich mit ihm immer und überall reden. Er hört immer zu.

Der Lastesel

Als ich mich in der Engelstube, einem kleinen Geschenkeladen, umschaute, entdeckte ich im Regal einen kleinen Esel aus Holz. Er war bepackt mit vollen Körben. Um seinen Hals trug er ein Schild: „Trägt geduldig und unermüdlich die Lasten des Alltags und all deine Sorgen". Ich fand diesen Esel so niedlich, dass ich zwei davon kaufte. Ich brauchte sie als Geschenk. Einmal für meine Freundin Rosi, die immer wieder mit Sorgen beladen war und einen für meine Tante, die auch dankbar ist, wenn ihr geholfen wird, die täglichen Lasten zu tragen. Der Esel ist ein Lastentier. Er kann viel auf seinem Rücken tragen ohne zusammenzubrechen. In der Bibel lesen wir Folgendes: „Tag für Tag sei der Herr gepriesen; denn er trägt uns, er ist unser Helfer!" (Psalm 68,20) Auch ich habe immer wieder Lasten zu tragen. Damit meine ich nicht meine schweren Einkaufstüten, sondern die Sorgen des Alltags. Es gibt Tage, da denke ich, ich kann nicht mehr. Mein Kopf raucht, ich muss denken, organisieren, handeln, jedem alles recht machen. Die Lasten erdrücken mich oft und dennoch mache ich die Erfahrung, dass Gott mir nur so viel Last auferlegt, wie ich tragen kann. Er kennt mich und weiß, was ich im Stande bin zu leisten. Das funktioniert natürlich nur, weil ich Gott vertraue. Er hilft mir, meine Last zu (er-)tragen.

Mein Gebet

Über das Gebet wird viel geredet, gepredigt diskutiert und geschrieben. Ich hörte einmal eine Predigt, da hieß es, dass es auf ein Gebet drei Antworten gebe. Entweder sagt Gott: „Ja, so machen wir es", „Jetzt noch nicht" oder „Ich habe was Besseres für dich". Ich habe viel darüber nachgedacht. Gott meint es schließlich immer gut mit uns und er kennt uns und weiß was wir brauchen. Wenn ich bete, dann möchte ich Gott keine Antworten vorlegen, ich bitte ihn, mich zu führen und seinen Weg für mich erkennen zu lassen. Ich bitte ihn immer für den richtigen Zeitpunkt. Wenn Gott einen anderen Zeitpunkt eines Geschehens vorgesehen hat als ich, dann bitte ich ihn, dass er mir die Kraft schenkt, alles was damit zusammen hängt zu schaffen. Vor allem bei wichtigen Entscheidungen, an denen viel dranhängt. Auch bei Dingen, die einfach gemacht werden müssen, ob ich nun will oder nicht.

Es gibt Ereignisse, die sind vorprogrammiert, die kann ich planen. Bei vielen hat Gott die Oberhand, und ich will ihm ganz vertrauen. Gott kennt meine Zeit, meine Pläne und er weiß am besten, wie er mich zu führen hat.

Jeden Morgen lege ich meinen Tag in Gottes Hände. Ich bitte ihn immer um Kraft und Ausdauer. Ich bitte für meine Familie, dass jeder einen guten Tag haben darf und dass das Unvorhergesehene Platz in unserem

Leben findet.
„Bitte lieber Gott, führe du mich, lasse mich erkennen was du von mir erwartest und gib mir Kraft für alles, was auf mich zukommt."

© Bettina Zürn

Beschützt

Der kleine Ben geht gerne mit seiner Mama einkaufen. Manchmal geht auch seine ältere Schwester mit. Aber meistens werden die Einkäufe gemacht, wenn Amalia noch in der Schule ist. Amalia ist seit einigen Wochen ein Schulkind. Ben genießt es, mit seiner Mama alleine unterwegs zu sein. Manchmal sitzt er im Einkaufswagen, aber heute will er laufen. Er hält sich an den Stangen des Wagens fest und passt genau auf, was Mama einlädt: Toastbrot, Joghurt, Milch, Fischstäbchen, Salat. An der Käsetheke müssen die beiden warten. Das wird Ben zu langweilig und er lässt los und dreht sich um und schaut sich das große Regal an, auf dem bunte Gummibärchen aufgebaut sind. Er merkt nicht, dass seine Mama unterdessen weiter zur Wursttheke gegangen ist. Ben hat nun lange genug auf die süßen Naschereien geschaut und dreht sich wieder um. Aber Mama ist nicht mehr an der Käsetheke. Er ist verzweifelt. Er fängt zu weinen und zu zittern an. „Wo ist Mama?" Er schaut wieder zu den Süßigkeiten, da fasst ihn eine zarte Hand an der Schulter. Ben erschrickt und dreht sich um. „Mama!" Ja, Mama hatte die ganze Zeit ein Auge auf ihren kleinen Sohn. Ben hatte nicht bemerkt, dass er die ganze Zeit über im Auge behalten wurde.

Genauso beschützt und begleitet uns Gott. Wir merken nicht, dass er da ist, aber er ist immer bei uns. „Von allen Seiten umgibst du mich, ich bin ganz in deiner Hand." (Psalm 139,5)

Das Strahlen meiner Tochter

Es ist für jede Mutter eine Wohltat, das eigene Kind aus vollem Herzen über das ganze Gesicht strahlen zu sehen. In diesen Genuss kam ich letzte Woche. Einige Tage zuvor hatte meine Tochter eine Idee, die sie in die Tat umsetzen wollte. Sie erzählte mir davon, und ich fand die Sache großartig. Wir gehen regelmäßig zum Gottesdienst in die Adventgemeinde und sie hatte vor, auf jeden Sitzplatz einen kleinen Zettel mit einem schönen Spruch zu legen. Sie suchte viele schöne Sätze, einige aus der Bibel, einige aus dem Internet. Jeder Satz wurde abgetippt und ausgedruckt. Die kleinen Zettelchen wurden sorgfältig und ordentlich ausgeschnitten. 250 Stück hatte meine Tochter vorbereitet.

Dann war es soweit, der Tag des Gottesdienstbesuches war da. Selina wollte an diesem Tag die erste sein, die in das Gemeindehaus kam, denn sie wollte die Spruchzettelchen unerkannt auf die Plätze legen. Es war herrlich, es machte Freude ihr beim Austeilen zu helfen. Schnell waren wir fertig und die ersten Besucher kamen. Heimlich beobachteten wir den ein oder anderen, der einen Platz aufsuchte. „Was liegt denn da heute auf dem Platz?", mögen wohl viele gedacht haben. Ich sah die Freude in Selina´s Augen, weil sie sah, dass alle über die Spruchzettel erfreut waren. Kurz vor der Predigt dann noch ein Höhepunkt. Georg, ein liebes Gemeindeglied sprach vom Podium aus, dass er sich über den Zettel auf seinem Platz gefreut habe. Und er las ihn vor. Er dankte dem, oder derjenigen die diese Spruchzettel gemacht hatte. Dabei wusste er nicht, dass es meine Tochter gewesen war.

Es tut gut, wenn das eigene Kind strahlt und sich freut!

„Gott hat dafür gesorgt, dass ich lachen kann."
(1.Mose 21,6)

Eine Geschichte vom Himmel, die das Herz heilt

„Der Traum" ist ein besonderes Buch, das einem den Blick für den Himmel öffnet. Dieses Buch sollte jeder lesen, der um einen geliebten Menschen trauert und für jeden, der sich auf den Himmel freut. Die Entstehung des Buches entstammt einem Tagtraum des Autors, der den Tod seines besten Freundes, seiner Mutter und seiner zweijährigen Tochter zu verarbeiten hatte. Er schreibt: Gott habe ihm diesen Traum geschenkt, und er war lange unsicher, ob dieses Geschenk auch für andere gedacht sei. Nachdem ich dieses Buch zum zweiten Mal gelesen habe, muss ich sagen: Ja, es ist ein Geschenk. Ein Buch, das die Herzen heilt und die Angst vor dem Tod nimmt. Während des Lesens hatte ich das Gefühl, dieses Buch sei nur für mich geschrieben. Ich konnte mich mit dem Protagonisten sehr identifizieren. Es ist faszinierend wie James Bryan Smith den Himmel beschreibt. Den „Raum des Staunens" fand ich umwerfend gut: Das Einzige, wofür es sich zu leben lohnt, sind die Schätze, die im Himmel angesammelt werden. Diese Schätze entstehen immer dann, wenn wir aus Liebe handeln. Es ist zwar nur eine Geschichte, die auf stark biographischen Zügen fundiert ist, aber ich kann mir gut vorstellen, dass Gott uns so eine neue Erde schenken wird. Und ich freue mich darauf, einmal dort für ewig leben zu dürfen. Zum Inhalt: Innerhalb

von drei Jahren verliert der erfolgreiche Autor Tim Hudson seine Mutter, seinen besten Freund und auch seine kleine Tochter. Sein Glaube an einen liebenden Gott gerät ins Wanken. Ausgebrannt zieht sich Tim in ein Kloster zurück. Eines Nachts hat Tim einen außergewöhnlichen Traum: Er begegnet im Himmel den Menschen, die seinen Glauben und sein Leben geprägt haben und den dreien, die ihm so sehr fehlen. Eine heilsame Reise beginnt. Die Verse aus 2. Korinther 4,16 - 18 stehen in dieser Geschichte als Fundament: „Darum verliere ich nicht den Mut. Die Lebenskräfte, die ich von Natur aus habe, werden aufgerieben; aber das Leben, das Gott mir schenkt, erneuert sich jeden Tag. Die Leiden, die ich jetzt ertragen muss, wiegen nicht schwer und gehen vorüber. Sie werden mir eine Herrlichkeit bringen, die alle Vorstellungen übersteigt und kein Ende hat. Ich baue nicht auf das Sichtbare, sondern auf das, was jetzt noch niemand sehen kann. Denn was wir jetzt sehen, besteht nur eine gewisse Zeit. Das Unsichtbare aber bleibt ewig bestehen." Dies hat mich sehr berührt, denn dies sind seit vielen Jahren meine Lieblingsverse.
Folgendes habe ich während meiner Mütterkur im Allgäu im März 2015 erlebt:
Ich war im Oberstdorfer Saunadorf. Dort gab es im Garten eine kleine Salzsauna. Es war ein kleiner fantastischer Raum. Ich trat ein und es war ruhige Musik zu hören. Der Raum war ausgeleuchtet mit Salzlampen und es plätscherte ein kleiner Fluss. An den Seiten waren Bänke. Der Boden war mit Salz be-

deckt. Ich kam mir vor, wie in meinem „Raum des Staunens". Der Raum des Staunens ist ein Raum, den Gott für uns bereitet hat. Der Raum hat weder vier noch sechs Ecken. Ich weiß nicht, wie viele es waren. Es war genau wie im Buch beschrieben. Ich saß da und atmete die salzhaltige Luft ein. Es wurde eine ruhige Musik gespielt. Was mich ins Staunen versetzte: Es kam eine neue Melodie. Es wurde „Die Moldau" gespielt. Da merkte ich, dass ich in meinem Raum war. Denn dieses Musikstück liebte mein Vater sehr. Ich fühlte mich in diesem Moment stark mit ihm verbunden. Ich merkte, dass er mir immer noch sehr fehlt. In dieser Nacht erschien mir mein Papi im Traum. Er wurde von Gott für zwei Stunden auf die Erde geschickt. Ich glaube, das ist alles ein Prozess der Trauerbewältigung. Ich habe diese noch nicht abgeschlossen.

Engel im Anzug

Ich machte in Thüringen ein paar Tage Urlaub mit meiner Mutter. Wir wohnten in einem schönen Hotel. Ganz in der Nähe war ein See, den wir von unserem Fenster aus sehen konnten. Da meine Mutter nicht mehr gut zu Fuß ist, unternahmen wir Ausflüge mit dem Auto. Unter anderem besichtigten wir eine Schokoladen- und Keksfabrik. Eine Bootsfahrt auf dem See stand auch auf unserem Programm. Der Besuch bei den Eltern meiner Nachbarin war für uns sehr interessant, und so erfuhren wir einiges über die ehemalige DDR. Bei einem unserer Ausflüge fanden wir den Weg nicht mehr zurück. Wir hatten zwar ein Navi, aber leider erkannte dieses moderne Gerät nicht, dass eine Baustelle uns den Weg versperrte. So versuchten wir, uns auf unseren Orientierungssinn zu verlassen. Da waren wir im wahrsten Sinne des Wortes verlassen. Wir irrten umher und fragten verschiedene Passanten. Teilweise wurde uns der Weg ein Stück weit richtig erklärt, teilweise aber auch nicht. Dann sprachen wir einen Herrn im Anzug an. Uns schien, er habe gerade Feierabend und sei auf dem Weg nach Hause. Ja, er wusste den Weg und wollte ihn uns erklären. Da meinte er, er würde bei uns im Auto mitfahren, denn es sei so kompliziert, denn man müsse durch die ganze

Stadt fahren. Der Herr war sehr nett. Und Gott sei Dank wohnte unser Retter in der Not dort, wo wir sowieso hin fahren mussten, also am Ende der Stadt. Meine Mutti und ich fanden auf diese Weise aus dem Wirrwarr der Baustelle heraus. Wir fragten den netten Herrn, wie er sonst heimgekommen wäre. Er laufe! Keine Straßenbahn, keine U-Bahn, kein Fahrrad. Der Anzugträger geht zu Fuß zur Arbeit, auch wenn es einige Kilometer sind. Durch uns kam er an diesem Tag viel früher nach Hause als sonst.

Es war ein schöner Ausflugstag. Wir durften die Hilfe eines Herrn, eines Engels annehmen und er hat sich sicher auch gefreut, dass er uns helfen konnte.

Eine Lehrstelle für meine Tochter

Als meine Tochter die Schule beendet hatte, ging es darum, dass sie den richtigen Beruf für sich findet. Sie machte viele Praktika. Sie schnupperte auf diese Weise in viele Bereiche, um so „ihren" Beruf zu finden. Soll es ein Beruf mit handwerklichem Geschick, ein Beruf im sozialen Bereich oder ein Bürojob sein? Es kristallisierte sich schnell heraus, dass Selina eine Büro-Dame werden möchte. Doch welches Büro? Auch hier gibt es viele Varianten. Dank der geleisteten Praktika merkte sie, dass die Bürokommunikation ihr Ding ist. Und nun ging das Bewerben los. Nach einem halben Jahr bekam sie die erste Lehrstelle angeboten: Im Büro eines Seniorenheimes. Selina sagte ab, denn sie wollte in keinem sozialen Bereich tätig werden, obwohl ihr das Praktikum dort sehr gut gefallen hatte. Dann bekam sie eine weitere Stelle angeboten. Auch dort leistete sie ein Praktikum ab und kam mit allen Leuten gut zurecht. Es gefiel ihr. Aber man sagte ihr, dass sie ab dem 2. Lehrjahr auch am Samstag, das ist für uns Adventisten der biblische Ruhetag, arbeiten müsse. Selina erzählte, dass sie das nicht machen möchte, weil sie an diesem Tag zum Gottesdienst gehe. Man versicherte ihr, zur gegebenen Zeit eine Lösung zu finden. Glücklich war sie darüber nicht, unterzeichnete aber trotzdem den Ausbildungsvertrag und war weiterhin auf der Suche. Dann wurde sie zu einem Bewerbungstest des Bundesamtes für

Migration und Flüchtlinge, kurz BAMF genannt, eingeladen. Mit ihr noch weitere 600 Bewerber. Sie bestand den Test und ein Vorstellungsgespräch war ihr sicher. Jetzt waren es nur noch 60 Mitbewerber! Unterdessen bot sich wieder eine neue Stelle an. Aber diesmal im Industriebereich. In Rohr, nicht weit weg von zu Hause. Dies sagte meiner Tochter mehr zu als die Stelle, bei der sie den Vertrag bereits unterschrieben hatte. Sie unterschrieb den neuen Vertrag und kündigte den anderen. Aber so richtig happy war sie immer noch nicht. Denn dieser war immer noch nicht ihr Wunschberuf. Es handelte sich hierbei nämlich um den Beruf „Kauffrau für Groß- und Außenhandel". Dann kam die Einladung zum Vorstellungsgespräch im BAMF. Sie war sehr aufgeregt und vergaß dummerweise ihre schicken Schuhe. Ich dachte mir, wenn sie auf Grund der falschen Schuhe die Stelle nicht bekommt, dann soll es so sein. Vom Gespräch kam Selina sehr positiv gestimmt zurück. Aber eine Zu- oder Absage ließ auf sich warten. Es war ihr größter Wunsch, an diesem Bundesamt zu arbeiten und deshalb wartet sie sehr sehnsüchtig auf eine Antwort. Ich sagte immer zu ihr: „Ich glaube, dass du belohnt wirst, weil du die eine Ausbildung, wo du am Samstag hättest arbeiten sollen, abgesagt hast. Warte mal ab." Nach einigen Wochen rief sie beim Bundesamt an und fragte nach. Man sagte ihr, sie sei eine Nachrückkandidatin. Na toll, also hieß es abwarten und hoffen. Unterdessen kam ein weiteres Angebot für ein Vorstellungsgespräch.

Insgesamt hatte Selina circa 90 Bewerbungen verschickt. Ein Jahr ist nun seit Beginn der Bewerbungszeit vergangen.

Eines Tages war ich alleine zu Hause, als das Telefon läutete. Ich hob ab und eine freundliche Dame sprach: „Guten Tag, mein Name ist Fuchs. Ich bin vom Bundesamt." Wow, ich war begeistert und meinte: „Sie wollen sicher meine Tochter sprechen. Die ist nicht da. Haben sie eine gute Nachricht für sie?" – „Wenn ihre Tochter es nicht abwarten kann, kann sie mich gleich anrufen, wenn sie wieder zu Hause ist." Und sie gab mir ihre Telefonnummer, die ich gleich notierte. Nachdem ich aufgelegt hatte, ließ ich erst mal einen Freudenschrei los. Dann kam Selina nach Hause. „Selina, die Frau Fuchs hat angerufen", empfing ich sie. Fragendes Schweigen (wer ist Frau Fuchs?). „Vom Bundesamt!", verkündete ich. Meine Tochter war wie aus dem Häuschen. Ihr Freudenschrei war weit lauter als meiner. Sie beruhigte sich kurz, schnappte sich das Telefon und verschwand damit in ihrem Zimmer. „Hurra, ich hab die Stelle!" erschallte es nach einigen Minuten vom ersten Stock zu mir herunter.

Ich hab es gewusst! Ich bin mir ganz sicher, dass das die Stelle ist, die unser lieber Gott für sie vorgesehen hat. Ehrlichkeit, Tapferkeit und ein mutiges Auftreten wurden belohnt. Kurz danach bekam sie vom Zollamt auch ein Angebot für ein Vorstellungsgespräch. Aber sie war nun so glücklich und lehnte dankend ab.

Nun wünsche ich meiner Tochter, dass sie viel Freude

bei der Arbeit hat und fleißig ihre Aufgaben erledigt. Ich übergebe sie in die Hände Gottes. Er wird sie führen.

© Lothar Erbenich

Der Marathon-Lauf

Mein Sohn hat ein Hobby: Er läuft gerne. Er läuft schneller als manch einer von uns. Und es macht ihm sehr viel Freude. Eines Tages fing er an, an offiziellen 10 km-Läufen teilzunehmen. Er steckte sich ein Ziel, in welcher Zeit er die Ziellinie überschreiten wolle. Meistens lag er mit seiner Einschätzung richtig. Dann meldete er sich für Halbmarathon-Läufe an. Ich begleitete ihn gerne, denn die Atmosphäre an solchen Veranstaltungen ist großartig. Ich liebe Großveranstaltungen, Menschen zu sehen, die von einer Sache begeistert sind und ihr Bestmöglichstes geben. Dann war mein Sohn so stark motiviert dass er seinen ersten Marathon antrat. Mein Mann und ich fuhren mit nach München, wo der Lauf stattfinden sollte. Viele Läufer tummelten sich am Olympiagelände. Leider ging es Yannic schon ein paar Wochen zuvor gesundheitlich nicht sehr gut. Seine Leiste tat weh und eine Warze am Fuß bereitete ihm Schmerzen. Aber er wollte Laufen! Er freute sich schließlich schon seit einigen Monaten darauf. Die Veranstaltung war für uns alle sehr aufregend, interessant und spannend. Yannic meinte, dass er etwa vier Stunden brauchen würde. Wir freuten uns und beobachteten gespannt die Läufer, die das Ziel erreichen. Als der schnellste und damit der erste Marathon-Läufer nach zweieinhalb Stunden das Ziel erreichte, klatschten wir begeistert Beifall. Abgekämpft und voller Freude erreichte jeder so nach und nach das Ziel. Dann sahen wir unseren Sohn kommen! Welch eine Freude! Er hatte es geschafft! Und sogar noch in seiner geplanten Zeit. Er war so glücklich, aber total platt und erledigt.

Wie geht es uns mit unserem „Lauf des Lebens"? Setzen wir auch alles daran, dass wir das ewige Leben, unser Ziel erreichen?

„Lauft jetzt, so schnell ihr könnt! Es geht um euer Leben! Bleibt nicht stehen und schaut nicht zurück!" (1. Mose 19,17)

Der Zug des Lebens

Wir alle sitzen in unserem Zug des Lebens. Es werden viele Haltestellen angefahren, es gibt Umwege, Kreuzungen, Steigungen und Gefälle. Der Zug fährt bei Sonnenschein, aber auch wenn es regnet und stürmt. Wir erleben vielleicht Pannen, sowie eine fröhliche Fahrt. Als wir eingestiegen sind, waren unsere Eltern bei uns im Abteil und wir dachten, dass das immer so bleiben wird. Doch es wird eine Haltestelle kommen, wo sie aussteigen und wir unsere Reise ohne sie fortsetzen müssen. Viele Passagiere betreten den Zug und gesellen sich zu uns: Freunde, Geschwister, Nachbarn, Kollegen, die erste große Liebe. Manchmal tut es weh, wenn jemand aussteigt und manchmal bemerken wir es nicht einmal, wenn jemand den Zug verlässt. Es gibt „fröhliche Hallos" und tränenreiche Abschiede. Unsere Fahrt geht weiter. Immer weiter. Eines Tages kommt die Haltstelle, an der wir verpflichtet sind aussteigen. Wir wissen nicht wann dies sein wird. Nur der Lokführer weiß Bescheid. Es ist aber gut, während unserer Fahrt in Einklang mit den anderen Passagieren zu reisen. Wenn wir dann ausgestiegen sind, wäre es schön, wenn die zurückbleibenden Fahrgäste mit guten Gedanken an uns weiterfahren.
Ich wünsche allen eine gute Fahrt!

Whatsapp

Bis vor einem Jahr konnte ich nicht mitreden. Doch dann schenkte mir mein Mann zu meinem 50. Geburtstag ein neues Handy. Ein Handy mit Touchscreen, eines mit dem ich fotografieren und über whatsapp chatten kann. Bis zu diesem Zeitpunkt hatte ich ein Handy mit dem ich telefonieren und SMS schreiben konnte. Mehr nicht. Aber ich war zufrieden und wehrte mich zunächst gegen das neue Ding. Seitdem ist ein Jahr vergangen und ich gestehe, dass mein Mann meine Kommunikation unter meinen Freundinnen erweitert hat. Bis dato schrieb ich mit meinen Freundinnen, die alle nicht in meiner Nähe wohnen, regelmäßig Mails. So waren wir immer im Kontakt. Durch Whatsapp bin ich nun mit meinen Mädels fast täglich im „Gespräch". Es sind oft nur kurze Nachrichten und für einen Mann belanglose Neuigkeiten, aber das mitzuerleben, was täglich passiert, festigt die Freundschaften. Und wenn wir uns treffen, sei es im Gottesdienst oder bei einem Besuch in der Sauna, knüpfen wir an dem an, was uns beschäftigt. Das Mail schreiben ist seitdem bei mir weniger geworden. Die Kommunikation allerdings intensiver.
Auch wenn es meiner Familie oft nervt, wenn mein

Handy sich lautstark meldet, muss ich zugeben, dass es schön ist Freundinnen zu haben mit denen ich mich „unterhalten" kann. Und ich bin ehrlich: Ich möchte dieses Kommunikations- mittel nicht mehr missen. Es ist fantastisch, dass wir rund um den Erdball kommunizieren können. Kurze Nachrichten festigen jede Beziehung. So erreichen mich kurze Grüße aus China oder den USA, aber auch aus München und Nürnberg.

Danke, Thomas, dass du mir trotz meiner Weigerung dieses Handy geschenkt hast.

© Friedbert Ninow

Das schönste Geschenk

Es war Adventszeit. Mein Sohn war immer noch dabei, einen Platz für sein Pflichtpraktikum zum nächsten Semester zu finden. Ein Semester hat er bereits verstreichen lassen, da sich kein Platz für ihn finden ließ. Nun wurde es knapp. Denn wenn er keinen Platz findet, muss er das Studium beenden. Ich dachte mir: Das darf doch nicht wahr sein. Was hat Gott mit meinem Sohn vor? Soll sein Studium umsonst gewesen sein? Yannic bewarb sich hier und da, nah und fern. Immer wieder wurde er zu Vorstellungsgesprächen eingeladen. Aber es kam nichts dabei heraus. Dann stand ein Gespräch in Bruckberg, in der Nähe von Landshut an. Als Yannic davon zurückkam, strahlte er über das ganze Gesicht und meinte: „Wenn das was wird, dann hat sich das Warten gelohnt." Er war begeistert von dieser Firma. Ich erzählte dies meinen Freundinnen und alle schlossen dieses Anliegen in ihre Gebete mit ein. Mein Gedanke war: Es wäre das schönste Weihnachtsgeschenk für mich, wenn endlich eine Zusage käme. Aber nichts passierte. Dann war Heilig Abend. Nach dem Abendessen saßen wir als Familie im Wohnzimmer zusammen. Yannic wollte uns wie immer eine Geschichte vorlesen. Das macht er gerne an Weihnachten. Doch bevor er damit begann, trommelte er mit seinen Händen auf den Tisch: „Jetzt kann ich es sagen!" und hatte ein strahlendes Lächeln im Gesicht. „Was ist?", entgegnete ich. „Ich habe die Praktikumsstelle in Bruckberg!" Mir schossen vor Freude die Tränen aus den Augen. Ich konnte es kaum glauben. Auf die Frage, seit wann er es weiß, sagte er: „Seit zwei Tagen." Das war mein schönstes Geschenk. Ich bin mir ganz sicher, dass das der Platz ist, den Gott für meinen Sohn bestimmt hat. Er musste warten und geduldig sein.

Seitdem sind drei Wochen vergangen. Mitte Februar darf er dort anfangen. Jetzt braucht er bis dahin nur noch eine Wohnung oder ein Zimmer. Die Suche läuft und ich bin mir ganz sicher, dass auch da eine Lösung gefunden wird. Ich gebe zu, dass ich oft zweifle, aber ich weiß und bin dankbar für alle, die uns darin im Gebet unterstützen.

„Quält euch also nicht mit Gedanken an morgen; der morgige Tag wird für sich selber sorgen. Es genügt, dass jeder Tag seine eigene Last hat." (Matthäus 6,34)

Danke lieber Gott, dass du weißt, was für uns gut ist.

Unser Lebensbuch

Jeder von uns schreibt ein Buch: Das Buch des Lebens. Am Anfang unseres Lebens liegen weiße, unbeschriebene Blätter vor uns. Aber bereits mit dem ersten Lebenstag beginnt der Eintrag in unser Buch. Wir wissen noch nicht, ob es ein dickes Buch mit vielen Seiten oder ob es nur ein Heft mit wenigen Eintragungen wird.
Auf manchen Seiten sieht man die Freude und die Lust am Leben förmlich herausspringen. Glückliche Zeiten und herrliche Erlebnisse sind Teil des Geschriebenen. Auf manchen Seiten unseres Lebensbuches begegnen uns Menschen, Städte und Länder. Kunst, Musik, Bücher und Gedanken füllen unsere Seiten. Alles ein kostbarer Schatz. Dann gibt es die Seiten, die noch nass sind, von den Tränen die wir geweint haben. Trauer, Leid und Schmerz sind auf vielen Seiten in unserem Buch festgehalten. Enttäuschungen und Verletzungen sind Teil unseres Lebens. Im Leben gibt es mehr als nur einmal Grund zum Weinen. Und es gibt Seiten, die wir am liebsten herausreißen wollen. Seiten die falsch geschrieben wurden oder die wir aus Versehen beschmutzt haben. Viele Fehler, die wir gemacht haben, an die wir uns nicht gerne erinnern und die niemand lesen soll. Da stehen viele Worte, die wir gerne ungeschehen machen würden. Aber kein Mensch kann die unschönen Seiten aus seinem Buch herauslöschen. Wir können auch keine Seite heraus-

reißen. Wir können sie durchstreichen, aber niemals ganz ausradieren.

Gott liebt uns, egal ob unser Lebensbuch vor Freude strotzt, oder ob die Traurigkeit und die Fehler überhand nehmen. Er kennt jede Seite. Gott nimmt unser Buch, unser Leben, in die Hand und hilft uns, Seiten zu übermalen. Auch er kann nichts ausradieren. Was geschehen ist, ist geschehen. Aber er kann uns in Zukunft leiten und uns bei der Hand nehmen, damit wir mit seiner Hilfe durch gute und durch schlechte Zeiten gehen.

Der Rückspiegel

Die häufigste Unfallursache auf Autobahnen ist, dass zu wenig, bzw. zu spät in den Rückspiegel geschaut wird. In der Regel schaut man beim Autofahren nach vorne, denn man möchte ja wissen, was auf einen zukommt und wohin man fährt. Ein Blick zur Seite verrät, was neben uns passiert. Und was erwarten wir vom Rückspiegel? Schauen was war? Nein! Beim Autofahren bedeutet es: Was kommt auf mich zu? Ja, beim Autofahren muss immer darauf geachtet werden, was hinter mir auf der Straße passiert. Im Leben ist der Blick in den „Rückspiegel" anders. Ich mache dies am Jahresende. Da schaue ich in den Spiegel des vergangenen Jahres. Ich lasse jeden Monat noch einmal Revue passieren. Dank meiner Notizen fällt es mir leicht, mich an schöne Momente oder auch Zeiten, in denen ich über Hürden springen musste, zu erinnern. Es macht mir Freude, dies alles zu einem kurzen Jahresrückblick zusammenzuschreiben und auch an meine Freunde weiterzuleiten. Alles Vergangene in Gedanken noch einmal zu durchleben ist ein Ritual, das ich nun schon seit einigen Jahren praktiziere. Momente und Zeiten, die schön waren, möchte ich dann am liebsten nochmals erleben. Und ich bin dankbar, dass Augenblicke, die nicht angenehm waren, überstanden sind.
Ich weiß, dass alles Erlebte mich prägt und mich zu dem Menschen macht, der ich heute bin. Man muss

nicht immer erst zum Jahresende in den „Rückspiegel" schauen. Jeden Abend hält Gott uns den Spiegel des Tages vor die Augen und wir dürfen staunen über das, was er uns an diesem Tag geschenkt hat oder wo wir seine Führung erleben durften.

© Selina Widulle

Mein E-Bike

Es ist schon eine tolle Sache. Zu meinem 50. Geburtstag habe ich mir ein E-Bike gewünscht. Meine Gäste waren alle sehr großzügig und so konnte ich mir ein schickes Rad leisten. Mein Mann ist Fahrrad-Spezialist, und so hat er im Internet das perfekte Rad für mich gefunden. Ich war erst skeptisch. Ein Rad kaufen, das ich nicht Probefahren kann? Thomas sagte: „Glaube mir, das ist genau das, was zu dir passt." Er hatte Recht. Ich liebe mein neues E-Bike. Ich habe unterdessen über 1000 km damit zurückgelegt. Das Radfahren ist nun viel entspannter. Meine Beine schmerzen nicht mehr, mit der Puste passt es auch und jeder Hügel, jeder Berg ist leicht zu überwinden.

Freitags trage ich mit diesem elektrischen Gefährt die Zeitschriften aus, und ich muss gestehen, dass es wirklich eine Erleichterung ist. Wenn das Wetter dazu auch noch passt, dann kann ich mir keinen besseren Nebenverdienst vorstellen. Ich möchte dem lieben Gott danken, dass er mir, seit ich dieses neue Fahrrad habe, immer das richtige Wetter für das Austragen der Zeitschriften geschenkt hat. Vor dem Winter hatte ich etwas Angst. Denn wenn Schnee liegt und die Straßen mit Streusalz „gesalzen" sind, dann ist das nicht gut für das Rad. Aber ich hatte immer Glück. Freitags waren die Straßen immer weitgehend frei und die Temperaturen waren auch okay. Es gab nur einen

einzigen Freitag in diesem Winter, wo das Thermometer minus 13 Grad angezeigt hatte.
Ich danke dem lieben Gott, dass das genau an dem Tag war, an dem ich mit meinem Sohn in Landshut auf Wohnungssuche war und ich meinen Austrag-Job somit auf Sonntag verlegen musste. Wer will schon bei eisigen Temperaturen mit dem Rad fahren? Ich nicht!
Es war und ist alles perfekt. Ich empfehle allen, die Freude am Radfahren haben, aber deren Kräfte oft nicht mehr reichen, sich ein E-Bike zu kaufen. Ihr werdet sehen: Damit macht das Radfahren wieder enorm viel Spaß!

Wir sind voll Hoffnung

Ich war gestern im Gottesdienst und das Thema der Predigt war: Hoffnung. „Wir sind voll Hoffnung", verkündete der Prediger. Wir? Hoffnung? Ich finde dieses Thema interessant und habe weiter darüber nachgedacht. Habe ich Hoffnung? Bei einer schwangeren Frau sagt man: „Sie ist guter Hoffnung". Meine Kinder sind bereits erwachsen, also ist diese Hoffnung schon abgehakt. Allerdings habe ich die Hoffnung, eines Tages Oma zu sein. Was hoffe ich? Wovon träume ich? Es fängt schon am Morgen an: Hoffentlich wird es ein guter Tag. Hoffentlich scheint die Sonne. Hoffentlich sind alle mit mir zufrieden. Hoffentlich ist der Pullover, den ich im Prospekt gesehen habe, noch vorrätig. Hoffentlich brennt mir mein Essen heute nicht an. Hoffentlich, hoffentlich…. Hoffnungen sind Ziele und sind Sehnsüchte. Jeder hat andere Ziele. In der Bibel steht: „Glauben heißt Vertrauen, und im Vertrauen bezeugt sich die Wirklichkeit dessen, worauf wir hoffen. Das, was wir jetzt noch nicht sehen: Im Vertrauen beweist es sich selbst." (Hebräer 11,1) Ja, hoffen auf das, was ich jetzt noch nicht sehen kann. Ich weiß nicht, was der morgige Tag bringt. Regen oder Sonne? Aber ich weiß und bin voller Hoffnung, dass Gott mich liebt und er mir einen Platz auf seiner neuen Erde bereithält. Das sind mein Ziel und meine Hoffnung. „Alles mache ich jetzt neu: Einen neuen Himmel schaffe ich und eine neue Erde." (Jesaja 65,17)

Der Mann im Rollstuhl

Ich kenne ihn schon lange – den Mann im Rollstuhl. Er sitzt immer an derselben Stelle: Auf der Fußgängerbrücke zwischen Einkaufszentrum und Fußgängerzone. Er hat einen Becher in der Hand und er bettelt. Er will Geld. Dann gibt es noch einen anderen Bettler. Er hat seinen Platz direkt in der Fußgängerzone. Er ist alt und schaut sehr traurig. Meistens laufe ich an den beiden achtlos vorbei. Der Mann auf der Brücke hat etwas Besonderes an sich. Er hat keine Beine mehr, ist aber immer freundlich. Er lächelt und wünscht den vorbeihastenden Leuten einen schönen Tag. Und wenn jemand ein Geldstück in seinen Becher wirft, dann strahlt er über das ganze Gesicht und wünscht einen besonders schönen Tag. In der Weihnachtszeit machte ich kleine Tütchen mit Weihnachtsgebäck. Die wollte ich den beiden geben. Ich fuhr also nach Ansbach, um mein Vorhaben in die Tat umzusetzen. Es war ein kalter Wintertag. Leider war nur der alte Mann in der Fußgängerzone da. Der freundliche Mann von der Brücke war nicht auf seinem Platz. So konnte ich die Weihnachtsüberraschung nur dem verkrüppelten Mann geben. Er deutete mir an, dass ich das kleine Tütchen hinten in seinen Rucksack, der am

Rollstuhl befestigt war, stecken sollte.

Seitdem ist einige Zeit vergangen und ich bin unterdessen wieder zig Mal an den beiden Bettlern vorbeigelaufen. Ab und zu lege ich eine Münze in ihre Becher.

Doch heute war es anders. Ich wollte den beiden Männern etwas Gutes tun. Ich ging über die Brücke und hoffte, dass der freundliche Mann da sei. Ja, er war auf seinem gewohnten Platz. Ich ging auf ihn zu und fragte, ob ich ihm vom Bäcker etwas mitbringen dürfe. Eine Semmel oder eine Breze. Da merkte ich, dass er mich schlecht verstand. Er war kein Deutscher. Ich sollte langsam reden. So fragte ich ihn noch einmal. Da meinte er: „Nein Breze" und hielt seine Hand in Form eines „C". „Ach, Sie wollen einen Kaffee?", fragte ich. Er strahlte über das ganze Gesicht. „Ja, ohne Milch, zwei Zucker". Ich versicherte ihm, dass ich den gewünschten Kaffee besorgen werde. Der andere Mann in der Fußgängerzone war an diesem Tag nicht da.

So schlenderte ich ein wenig durch die Fußgängerzone und kaufte den „Kaffee to go" bei meinem Lieblingsbäcker. Auch ich verspürte Freude, als ich den heißen Becher zu dem Mann im Rollstuhl trug. „Bitteschön", sagte ich zu ihm und übergab ihm den Becher: heißer Kaffee, ohne Milch mit zwei Zucker.

Ein glückliches „Danke" war mir sicher und seine Augen leuchteten.

In meinem Geldbeutel waren nun zwei Euro weniger als zuvor, aber mein Herz erfüllte sich mit Dankbarkeit. Dankbar, dass ich beide Beine habe, dass ich laufen kann und dass es mir gut geht. Dankbar, dass ich heute einem Menschen eine Freude machen durfte.

„Ich versichere euch: Was ihr für einen meiner geringsten Brüder oder für eine meiner geringsten Schwestern getan habt, das habt ihr für mich getan."
(Matthäus 25,40)

Angst

Letzte Woche hörte ich im Gottesdienst eine Predigt mit dem Thema: „Welchen Platz nimmt Angst in deinem Leben ein?" Ich möchte einige Gedanken festhalten, denn Angst begleitet garantiert jeden Menschen.

Da sind zum Beispiel die Ängste aus der Kinderzeit: Ich wohnte damals in einem Drei-Familien-Haus, das meiner Oma gehörte. Die Eltern wohnten im Erdgeschoss, meine Schwester und ich durften in der Mansarde hausen. Unsere Eltern waren abends ab und zu unterwegs. Dann „beschützte" mich mein Teddy. An einem Abend hatte ich ihn jedoch unten im Wohnzimmer vergessen. Ich konnte nicht schlafen und hatte Angst.

Dann erinnere ich mich an unseren Keller. Der war mir immer unheimlich. Meinen Teddy habe ich zwar immer noch, aber in den Keller gehe ich unterdessen ohne Probleme. Trotzdem gibt es immer noch einiges, wovor ich Angst habe: Ich habe Angst, dass mir der Arzt eines Tages verkündet, dass ich Krebs habe. Überhaupt habe ich Bedenken, dass ich eines Tages meine tägliche Arbeit nicht mehr machen kann und andere meinen Haushalt erledigen müssen. Ich habe Angst, Menschen zu verlieren, die mir viel bedeuten. Ich habe Angst, dass ich in dem Haus, in dem ich jetzt wohne, nicht alt werden kann, weil irgendwann das Geld dafür nicht mehr da ist. Ich habe panische Angst

vor Hunden. Und vor Mäusen fürchte ich mich auch.
Ich habe Höhenangst. Ich habe Angst, etwas falsch zu machen. Wenn meine Kinder mit dem Auto unterwegs sind, bin ich immer erst dann beruhigt, wenn ich weiß, dass sie gut angekommen sind. Die größte Angst um meine Tochter hatte ich, als sie mit einem fremden Mann der Mitfahrzentrale "Bla-Bla-Car" mitfuhr. Das was sich in meinen Gedanken abspielte, möchte ich nicht erläutern. Es glich einem Thriller.
In Psalm 23 lesen wir: „Der Herr ist mein Hirt; darum leide ich keine Not. Er bringt mich auf saftige Weiden, lässt mich ruhen am frischen Wasser und gibt mir neue Kraft. Auf sicheren Wegen leitet er mich, dafür bürgt er mit seinem Namen. Und muss ich auch durchs finstere Tal - ich fürchte kein Unheil! Du, Herr, bist ja bei mir; du schützt mich und du führst mich, das macht mir Mut." Es macht deutlich, dass wir Angst haben. Aber Gott ist bei uns. Gott steht ganz nah bei uns. „Von allen Seiten umgibst du mich, ich bin ganz in deiner Hand." (Psalm 139,5)
Welche Angst begleitet dich in deinem Leben? Schließe deine Augen und werde dir bewusst, wovor du Angst hast. Falte deine Hände und sprich mit Gott. Übergebe alles, was dich bedrückt unseren himmlischen Vater. Auch ich spreche täglich mit Gott. Immer wieder sage ich ihm, was mich bedrückt und wovor ich mich fürchte. Meine Angst wird meist nicht kleiner, aber ich weiß, dass Gott mich nicht alleine lässt. Oft stellt er mir Menschen in den Weg, die ein Stück des Weges mit mir gehen und mich aufbauen.

Zu guter Letzt

Die Pflanze

Vor einigen Jahren besuchte ich meine Freundin Inge. Bei ihr im Haus standen sehr viele Pflanzen in verschiedenen Größen. Es war immer die gleiche Sorte. Ich kannte diese Pflanze nicht und hatte sie zuvor noch nie irgendwo gesehen. Ich fragte Inge, wie sie heiße. Leider wusste sie es nicht.

Diese Pflanze sieht aus wie ein kleines Bäumchen, das hin und wieder ganz kleine weiße Blüten hervorbringt. Das Schönste an diesem Gewächs ist, dass es die Samenkörner mit einem hörbaren „Klack" verteilt. Ja wirklich! Diese Pflanze katapultiert ihre Samenkörner hörbar in alle Richtungen. Kleine schwarze Kügelchen befinden sich dann oft meterweit von der Ursprungspflanze entfernt.

Zu meiner Freude durfte ich eine kleine Pflanze, einen Ableger, mit nach Hause nehmen. Zu Hause stellte ich das neue Pflänzchen an das Wohnzimmerfenster. Es war noch sehr klein und hatte nur fünf Blätter, die eine feine weiße Maserung hatten. Ich schaute in einigen Blumenläden und Gewächshäusern nach dieser Pflanze, denn ich wollte ihren Namen herausfinden. In keinem Laden fand ich dieses wunderbare „Bäumchen". Schließlich habe ich in meinem Ort unseren Landschaftsgärtner gefragt. Ja, er nannte mir einen exotischen Namen: Euphorbia Leuconeura. Ich

gab den Namen in Google ein, klickte auf Bilder, und siehe da: „mein Bäumchen" war zahlreich zu sehen.
Voller Freude teilte ich Inge den Namen ihrer Pflanze mit.
Den Ableger, den ich damals von ihr mit nach Hause brachte, habe ich noch immer. Er ist sozusagen meine Mutter-Pflanze. Mittlerweile ist sie 112 cm groß und sieht aus wie eine Palme. Die Samen, die sie im Laufe ihres Lebens davongeschossen hat, gingen entweder in benachbarten Pflanzentöpfen auf oder ich habe sie eingesammelt und eingepflanzt. Ich habe viele kleine Schösslinge verschenkt. Immer mit dem Hinweis: Es sei eine lustige Pflanze, denn sie schießt ihre Samen durch die Gegend.
Ich möchte mit diesem Buch auch Samen verteilen: Samen der Freude. Vielleicht habe ich dein Herz erreicht. Siehst du die Wunder des Alltags?
In der Bibel steht einiges über Samen:
„Andere Körner schließlich fielen auf guten Boden, gingen auf und brachten hundertfache Frucht."
(Lukas 8,8)
„Der Samen ist die Botschaft Gottes." (Lukas 8,11)
Ich wünsche mir, dass du in Zukunft mit offenen Augen durch deinen Alltag gehst. Dass du erkennst, was Gott für uns bereithält. Und wenn du etwas Schönes erlebst, dann gib es weiter. Verteile Freude!

Zugabe

Unser Ferienshoppingerlebnis
(aus der Sicht von Mutter und Tochter)

Meistens ist es in den Ferien bei uns soweit, dass wir einen Tag festlegen, an dem „Shopping" angesagt ist. Meine 14-jährige Tochter fiebert diesen Tag sehnlichst herbei und ein Lächeln ihrerseits ist mir sicher. Mein 17-jähriger Sohn dagegen setzt sein „Muss-ich-da-auch-mit"-Gesicht auf und schaut eher gelangweilt. Ich denke mir: Na, das kann ja heiter werden – da muss ich durch. Schließlich freut man sich als Mutter, wenn die Kinder groß werden, und es ist bekannt, dass die Kleidung nicht mitwächst. Bevor wir starten, lege ich fest, was jeder braucht: ein T-Shirt, eine Jacke und eine Hose für die Tochter. Ein Hemd, ein Paar Schuhe und eine Jeans für den Sohn. Hier geht es schon los: „Mama, ich brauche viel mehr!", entgegnet mir das pubertierende Fräulein und vom Sohnemann kommt nur ein gelangweiltes: „Ich habe doch zwei Hosen, und die Schuhe sind auch noch gut."
Es nützt nichts, wir müssen los: Brückencenter Ansbach ist das Ziel. Dort angekommen geht es zuerst in das Bekleidungsgeschäft H&M. Meine Tochter kennt sich hier so gut aus, wie ich mich im nächstgelegenen Supermarkt. Sie ist voll in ihrem Element. Ihre Augen funkeln und sie greift von einem Bekleidungsstück zum nächsten und freut sich. „He, Fräulein", rufe ich. „Schauen wir mal nach einer

Jacke?" „Ach, Mama, das Oberteil hier ist aber auch sehr schön." Ihr Bruder steht geistesabwesend da und will lieber wieder nach Hause, während die Schwester mit vielen Teilen in der Umkleidekabine verschwindet. Mich nervts! So harre ich neben der Kabine aus, aus der immer wieder kommt: „Passt, passt nicht...". Nach einer gefühlten Stunde öffnet sich die Tür und ein Teil wird mir präsentiert: „Das kaufen wir!" Da ich unterdessen ungeduldig geworden bin, eilen wir zur Kasse. Mein Töchterlein trägt voller Freude die Tüte mit dem neuen Teil. Nun noch zum C&A.

Wir schlendern in die Herrenabteilung. Hemden, die mir gefallen, wertet mein Sohn ab. Er dagegen macht keine Anstalten, sich auch nur ein wenig für die Hemden und Hosen zu interessieren. Da kommt meine Tochter und hält meinem Sohn ein Hemd vor die Nase: „Das ist cool, das hat Stil!" Der junge Mann verschwindet damit in der Kabine, kommt wieder heraus und sagt: „Ja, passt." Da die Zeit schon fortgeschritten ist, düsen wir noch zum Schuhladen Deichmann. Auch hier spielt sich das gleiche Drama ab. Die Tochter findet Schuhe, obwohl sie keine braucht und der gelangweilte Sohn entscheidet sich dann schließlich für ein Paar, dass seine Schwester ausgesucht hat.

1. Fazit: Es ist besser, die Tochter alleine oder mit einer Freundin loszuschicken. Dann kommt sie zwar mit mehr, aber auch mit den Sachen, die sie kaufen soll nach Hause und es schont meine Nerven.

2. Fazit: Ein Junge braucht weniger zum Anziehen als ein Mädchen, um sich wohl zu fühlen.

Nun kommt meine Tochter zu Wort:

Sie leuchteten in meinen Augen heller als die Sonne: Rot und unwiderstehlich standen die drei Zeichen dort oben, natürlich über der Eingangstür von H&M. Mit einem Strahlen im Gesicht schritt ich unter der Klimaanlage hindurch, in Sekundenschnelle wurde meine Frisur, die ich mit Müh und Not hochgesteckt hatte, total zerstört. Ärgerlich trat ich einen Schritt vor und sah mich nach meinem erziehungsberechtigtem Elternteil und meinem nervigen Bruder um. Die beiden standen, genauso dumm wie ich vorhin, unter der Klimaanlage. Mit einem unterdrückten Lachen begab ich mich zu den T-Shirts, Jeans, Pullover, Cardigans, ... Halt! Was war das? Es hang so elegant von dort oben herunter, als ob es für mich bestimmt wäre. Ich fühlte den Stoff: Baumwolle und Elasthan, eindeutig. Hastig bat ich eine Verkäuferin um Hilfe. Diese erzählte mir, dass dieses Prachtstück figurbetont und mit schmalen verstellbaren Trägern ausgestattet sei. Und: Es hat einen verdeckten Rückenreißverschluss. Die Akzente wurden perfekt gesetzt und die Rosen am unteren Teil des guten Stückes verführen zum Hinsehen. „Danke, dass Sie mir das alles so toll erklärt haben, aber Sie sollten es besser in Lila bestellen." Irritiert sah die Verkäuferin, Frau Lehmbauer hieß sie, mich an und stolzierte dann davon. Aus den Augenwinkeln sah ich meine Mutter. Frustriert sah sie mir zu, wie ich noch den Rest des Ladens durchstöberte. Auch mein Bruder sah nicht gerade besser aus. Er hatte sich in eine Ecke verzogen und hörte von seinem Handy gelangweilt Musik. Ab und zu kamen von den beiden Kommentare wie: „Ich möchte dich ja nicht stören, aber findest du nicht auch, dass wir lange genug hier waren?" Mit treuherzigem Blick sah ich sie an und sagte: „Klar, aber ich suche doch noch das tolle Top, das ich auf der Website gesehen habe." Jetzt war meine Mutter nur noch ein kleines Häufchen Elend, mein Bruder grunzte und setzte wieder seine Kopfhörer auf. „Du kannst ja auch eine Verkäuferin um Hilfe bitten", flüsterte sie so laut, dass es alle im Umkreis von zehn Metern hören konnten. Ich verdrehte meine Augen. „Stimmt, darauf wäre ich nicht gekommen." Also lief ich auf die nächstbeste Verkäuferin zu, und bat sie um Hilfe. In nur 15 Sekunden waren wir am Ziel. Mist, hier bin ich doch schon mindestens 20 Mal vorbei gelaufen, dachte ich mir. Sie deutete auf das Top und verschwand dann wieder. Glücklich ging ich zu meiner Mutter und gab ihr das Top. „Toll, oder?" „Ja, ganz toll" sagte sie nur und setzte sich wieder auf irgend so einen Stuhl der mitten im Raum stand. Unlogisch. Ich ging weiter auf Beutezug. „Können wir jetzt nicht gehen?", fragte sie und ich drehte mich nur schnell um und sah sie an. „Mutti, chill mal. Alles relaxt sehen. Wir kommen heute schon nach Hause. Du kannst mir ja beim Jagen helfen." „Was wollen wir hier schon jagen? Davonrennende Jeans?" Ein kleines bisschen lächelte sie. „Nein, Hirsche." Ich wusste nicht ob sie bemerkt hatte, dass das ironisch gemeint war. Aber egal, jedenfalls lief sie mir hinterher und gab mir immer wieder Kleidungsstücke, die ich in die Tonne für Altkleidersammlung schmeißen würde. Mein "toller" Bruder kam aus seiner Ecke und begutachtete das, was ich gerade anprobierte mit seinem komischen Blick. „Da drin siehst du aus wie eine verpickelte Knackwurst." Lachend begab er sich wieder zurück. Ich dagegen kochte vor Wut. Ich bin doch keine verpickelte Knackwurst. Was bildet der sich bloß ein? „Mama? Sag du doch mal was". „Mein lieber Sohn..." Lieb? Lieb??? Hallo, der hat mich gerade verpickelte Knackwurst genannt. Ich nahm das Top, egal was mein dämlicher Bruder dazu sagte. Ich stürmte zur Kasse und bezahlte all meine wunderschönen Schätze. Ich war zwar um einiges Geld ärmer, hatte dafür aber einen wundervollen Shoppingtag (auch wenn meine Mutter und mein Bruder an Geschmacksverwirrung leiden).

Selina Widulle (14 Jahre)

Nachwort

© Yannic Widulle

Zum Abschluss möchte ich mich bei dir bedanken, dass du es bis zum Schluss durchgehalten hast. Sicherlich wirst du nun auch wissen, warum ich dieses Buch „Der Tag ist voller Wunder" genannt habe. Wenn man mit offenen Augen durch den Tag geht und auf Kleinigkeiten achtet, erlebt man wahre Wunder. Der Untertitel „Freude am Leben" soll zum Ausdruck bringen, dass das Leben trotz allen Leides und trotz aller Schwierigkeiten schön sein kann.

Warum habe ich dieses Buch geschrieben? Nachdem ich im Jahr 2010 mein erstes Buch „Sternstunden und Glücksmomente" herausbrachte und viel positive Resonanz erhalten habe, ging ich weiterhin mit offenen Augen durch das Leben. Mir genügt oft ein kleiner Augenblick, ein Wort oder eine Begebenheit, die mich veranlassen darüber zu schreiben. Vergangenes in Worten festzuhalten, ist eine Sache, die mich freudig stimmt. Somit beuge ich dem Vergessen vor, weil man immer wieder die Möglichkeit hat, nachzulesen. Vor allem möchte ich dich ermutigen, jeden Tag als **Wunder** zu betrachten.

Weitere empfehlenswerte Bücher:

Geschichten für kurz und klein

ISBN 978-3-7357-2113-6
BOD, 148 Seiten
Sandra Widulle

In diesem Buch finden Sie verschiedene Arten von Kindergeschichten, die sich hervorragend für den Kindergottesdienst eignen. Auch als Gute-Nacht-Geschichte oder Unterhaltung für einen Kindergeburtstag passen sie bestens. Die Geschichten sind untergliedert in:
- Geschichten mit Handpuppen
- Erzählgeschichten
- Anspiel / Theater

Es ist erstaunenswert, wie vielseitig und interessant Themen wie z. B. Ostern, Ehrlichkeit, Freundschaft, verlieren und gewinnen, Streit und Versöhnung, Früchte u.v.m. für Kinder erzählt werden können. Machen Sie sich auf die Reise und entdecken Sie die wunderbaren Geschichten für Kurz und Klein.

Bin Knüller

ISBN 978-3-7751-521-5216-7
SCM Hänssler, 253 Seiten
Doro Zachmann

„Bin Knüller" ist ein Buch, das man nicht mehr aus der Hand legen kann. Jonas ist mit dem Down-Syndrom und einem Herzfehler geboren. Seine Mutter schreibt über ihre Ängste, ihren Mut und ihre Hoffnung. Sie schreibt über ihre Beziehung zu Jonas und über faszinierende Entdeckungen.

Doro Zachmann nimmt den Leser mit auf ihren Weg, auf dem sie lernt, sich den herausfordernden Leben mit Jonas voller Einfühlungsvermögen, Fantasie und Frohsinn zu stellen. Sie erfährt ihre Grenzen, entdeckt aber auch ihre Stärken. Als Jonas zum zweiten Mal am Herzen operiert werden muss, nimmt die Mutter dies zum Anlass um Rückschau zu halten, über die Zeit mit ihm als Baby bis zum pubertierenden Teenager. Durch viele Originaltöne kommen Jonas' köstlicher Humor und sein unverwechselbarer Charme zum Ausdruck.

Wir als Leser dürfen somit sein Leben verfolgen, das viele Momente des Glücks bietet, aber auch Ängste und Sorgen.

Ich bin dankbar für den Einblick in das Leben von Familie Zachmann. Dadurch bekomme ich einen besseren Blick für besondere Menschen.

„Bin Knüller" ist ein überaus wohltuendes Buch für (werdende) Eltern eines behinderten Kindes. Darüber hinaus ist es empfehlenswert für alle, die das Selbstverständnis von Menschen mit Down-Syndrom kennenlernen möchten und schon immer mal wissen wollten, wie sich das Zusammenleben mit diesen besonderen Menschen gestaltet.

Ein ganzes halbes Jahr

ISBN 978-3-499-26703-1
rowohlt Polaris, 543 Seiten
Jojo Moyes

Eine Liebesgeschichte, anders als alle anderen. Eine Liebesgeschichte von Lou und Will.
Ein schönes Leben, ein Unfall, und alles ist anders.
Will weiß, dass es nie wieder so sein wird, wie vor seinem Unfall. Und er weiß, dass er dieses neue Leben nicht führen will. Dann begegnet er Lou.
Ich habe dieses dicke Buch in kurzer Zeit gelesen (meine Tochter brauchte nur 2 Tage!). Es ist fesselnd.
Weil ich in der letzten Zeit viele Bücher von besonderen Menschen gelesen habe, fand ich diesen Roman beeindruckend.
Wann ist ein Leben nicht mehr lebenswert? Ist jedes Leben lebenswert? Wer bestimmt, wie das Leben sein muss? Kann man sich in die Lage eines anderen versetzen?
Liebe ist nicht unbedingt an eine perfekte Person gebunden. Liebe kann mehr sein.
Ein wunderbares Buch über Liebe, Leben, Lernen und Loslassen.
Ich hatte beim Lesen immer wieder Samuel Koch vor Augen, der ebenfalls wie der Protagonist Tetraplegiker ist.
Dieser Roman regt zum Diskutieren an